Diabolo 18

IM TAL DER TRÄNEN

Gabi Adam über sich:

Geboren wurde ich am 12.06.1963, ganz in der Nähe des Ortes, wo ich heute lebe. Mit neun Jahren begann ich zu reiten, doch der Traum vom eigenen Pferd wurde für mich erst wahr, als ich 19 Jahre alt war. Die Stute, die ich damals erwarb, befand sich in einem bedauernswerten Zustand, da sie von den Vorbesitzern etwa drei Jahre in einer dunklen Garage gehalten worden war und nur ein- bis zweimal im Jahr aus ihrem Verlies auf eine schlammige Weide hinausdurfte. Plötzlich war mir, die ich mir immer einen wunderschönen Rappen oder einen Schecken gewünscht hatte, nicht mehr wichtig, wie mein Pferd auszusehen hatte. Nur eines zählte: nämlich dieses arme Geschöpf endlich pferdegerecht zu behandeln und es aufzupäppeln. Lady hat es mir vom ersten Tag an mit ihrer Liebe und vielen wunderschönen Ausritten gedankt.

Im Laufe meines Lebens hatte ich mehrere Pferde, und vor einigen Jahren konnte ich mir endlich auch den Traum vom eigenen kleinen Stall verwirklichen, wo bis vor kurzem stets ein bis zwei Pferde standen. Mittlerweile musste ich den Stall aus gesundheitlichen Gründen aufgeben und meine kleine Tinkerstute extern unterbringen.

Mit meiner Mutter, meinen drei Kindern, Hund und Katzen lebe ich zusammen auf einem umgebauten Bauernhof. Meine Familie teilt meine Liebe zu all unseren Tieren.

Wen einmal das Pferdefieber gepackt hat, den lässt es nicht mehr einfach so los. So habe ich schon recht früh damit begonnen, meine Erlebnisse mit diesen wundervollen Tieren aufzuschreiben. Es entstanden einige Kurzgeschichten, die auch zum Teil veröffentlicht wurden. Danach folgte ein Reiterroman für Jugendliche, und im Anschluss daran begann ich mit der Diabolo-Reihe. Zwischendurch schreibe ich allerdings auch immer wieder ein paar Kurzgeschichten oder auch Märchen für kleinere Kinder.

Homepage: http://gabiadam.oyla2.de

Pony Club

Diabolo 18

IM TAL DER TRÄNEN

Gabi Adam

Pony Club

Umschlagfoto: Bob Langrish
Umschlaggestaltung: Stabenfeldt AS

Handlung und Personennamen sind frei erfunden!

Für
Karino,
dessen Besitzer
mich vor vielen Jahren
in das „Tal der Tränen"
geschickt hat …

Herausgeber und Verlag:
PonyClub, Stabenfeldt GmbH,
Oskar-Schlemmer-Str. 11, 80807 München
Redaktion und DTP/Satz:
Stabenfeldt GmbH, München
Printed in Germany 2006
ISBN 978-3-938308-63-9

Kapitel 1

Mürrisch saß die 14-jährige Ricky Sulai am Frühstückstisch und stierte Löcher in die Luft, während sie schon seit einiger Zeit lustlos in ihrem Tee rührte.

„Was ist denn heute mit dir los?“, fragte ihre Mutter, Brigitte Sulai. „Draußen scheint die Sonne, ein herrlicher Tag ist angebrochen, und du bist am frühen Morgen schon so schlecht drauf. Hat das einen besonderen Grund?“

„Du hast doch auch nicht immer gute Laune, oder?“

„Stimmt, aber ich versuche dann, das nicht unbedingt an anderen Leuten auszulassen.“

Ricky verdrehte stöhnend die Augen. „Mach ich doch auch gar nicht, aber wenn Harry morgens um halb fünf schon sein Radio voll aufdreht und dich damit fast aus dem Bett katapultiert, dann wärst du sicherlich auch sauer, oder?“

Brigitte schaute zu Rickys kleinem Bruder hinüber. „Um halb fünf Uhr morgens?“

Harry zuckte lediglich mit den Schultern, während er so schwungvoll die Milch über seine Flakes schüttete, dass ein großer Teil danebenging.

„Ups“, machte er, als Ricky aufsprang, um vor der vom Tisch heruntertropfenden Flüssigkeit zu flüchten.

„Mann, kannst du nicht aufpassen? Idiot!“, fuhr sie ihn an und erntete dafür einen strafenden Blick von ihrer Mutter.

„Ricky! Bitte mäßige deinen Ton! Das kann doch schließlich jedem mal passieren!“, rügte Brigitte Sulai ihre Tochter scharf.

„Aber diesem Esel passiert das jeden Morgen!“

„Gar nicht wahr!“ Harry versuchte, mit einer Papierserviette die Milchlache vom Tisch zu tupfen, was ihm jedoch nicht gelang.

„Diese Schmiererei ist ekelhaft!“, maulte Ricky weiter. „Kannst du nicht einen Küchenschwamm nehmen?“

„Nee!“

„Harry, nimm den Schwamm!“, ordnete jedoch auch seine Mutter an, und der Junge sprang auf.

„Ist ja gut! Wollt ich eh gerade machen!“, sagte er mit einem Lächeln.

Ricky schaute ihren Bruder an und schüttelte verächtlich den Kopf. „Dieses Generve hält ja keiner aus. Ich geh mal in den Stall rüber!“

„Kannst du vorher bitte deinen Teller abräumen?“ Brigitte deutete auf den Tisch. „Du lässt immer alles stehen und liegen, dabei wärst du inzwischen doch alt genug, um selbst einmal dran zu denken, dass man auch mal …“

„Ja genau! Räum deinen Teller weg!“

„Ach, halt doch die Klappe, Harry, und kümmere dich um deinen eigenen Kram!“ Rasch griff Ricky nach ihrem Teller und ihrer Teetasse und stellte beides ordentlich in die Spüle. Dann verließ sie mit raschen Schritten die Küche, bevor ihre Mutter womöglich noch auf die Idee kommen würde, ihr den Spüldienst aufzubrummen.

Im Vorbeilaufen schnappte sie sich ihre alte Jacke, der ein leichter Pferdegeruch anhaftete, von der Garderobe, schlüpfte in ein paar ausgelatschte Turnschuhe und bewaffnete sich mit einem Apfel aus der großen Obstschale von der Kommode im Flur.

Nichts wie raus, dachte sie, als sie hörte, wie Brigitte wegen der nächtlichen Ruhestörung mit Harry schimpfte.

„Leica!", rief Ricky leise und stieß einen leisen Pfiff aus. „Leica, komm!"

Sie hätte kein zweites Mal rufen müssen, denn augenblicklich kam Rickys Hündin polternd die Treppe heruntergelaufen und sprang freudig an dem Mädchen hoch.

„Hey, nicht so stürmisch. Warte … warte doch. Ich muss ja erst mal die Tür aufmachen!"

Leica drängte aufgeregt hinaus und rannte zunächst im Zickzack über den Hof, ehe sie schnüffelnd und schwanzwedelnd versuchte, diverse Mäuse in ihren Löchern ausfindig zu machen.

Ricky war froh, als sie die Haustür hinter sich zuschlug und das Gezeter ihrer Mutter und ihres Bruders nicht mehr hören musste.

Fröstelnd zog sie die Jacke über der Brust zusammen und blinzelte in die aufgehende Sonne, die trotz der morgendlichen Kühle einen traumhaften Tag versprach.

Ricky liebte diese Stunden am frühen Morgen, obwohl sie sich immer dazu zwingen musste, sich aus dem warmen Bett zu schälen. Doch wenn sie dann einmal draußen stand und ihre Lungen mit der frischen, klaren Luft füllte, fühlte sie sich herrlich. Als sie nun den Blick über die schöne Landschaft, die den elterlichen Bauernhof umgab, schweifen ließ, empfand sie das Leben einfach nur als wunderbar. Rasch war der nervige Bruder vergessen.

Sie lief nun, wie an jedem Morgen, zum Stall hinüber, wobei sie allein schon der Gedanke an ihr Pferd, das sie gleich mit einem lautstarken Wiehern begrüßen würde, in Hochstimmung versetzte. Mit ihm war für Ricky ein Traum in Erfüllung gegangen. Ein Leben ohne Diabolo konnte sie sich absolut nicht mehr vorstellen.

Vorsichtig öffnete Ricky den Riegel der Stalltür. Sie bemühte sich, möglichst leise zu sein, doch das Quietschen des aufeinanderreibenden Metalls in der morgendlichen Stille war ohrenbetäubend und nervtötend.

Schuldbewusst schaute sich Ricky um, doch es war niemand in der Nähe, den das Quietschen hätte stören können.

Rasch klappte sie die Stalltürflügel zur Seite, während ihr der warme, vertraute Pferdegeruch in die Nase stieg.

Für einen Moment schloss das Mädchen die Augen, ehe es den Stall betrat und durch sechsfaches Wiehern einen pferdigen und eseligen guten Morgen gewünscht bekam.

„Hallo, meine Süßen! Alles klar?“ Schnell lief Ricky von einer Box zur anderen und klopfte jedem der Tiere den Hals, ehe sie Diabolo einen Kuss auf die warmen Nüstern gab und ihm den Apfel zusteckte.

„Guten Morgen“, sagte sie leise. „Hast du gut geschlafen? Ihr habt bestimmt Hunger, oder? Ich bringe euch gleich was!“

Mit einem vorerst letzten Blick auf ihren schönen Rappen lief sie zur Futterkiste in der Sattelkammer und bereitete die Haferrationen für die Tiere vor, vermischt mit ein wenig Vitaminpulver und Kraftfutter.

Dröhnend donnerte Doc Holliday mit dem Huf gegen die Boxenwand. Der Schimmel von Rickys Freundin Lilian Beiter konnte das Frühstück wie immer nicht erwarten.

„Holli, gib Ruhe!“, rief Ricky in die Stallgasse hinaus und beeilte sich dann, mit jeweils drei Eimern in den Händen, die Tiere der Reihe nach zu füttern.

Was für ein herrliches Gefühl es war, früh morgens im eigenen Stall zu hantieren! Wie sehr hatte sie sich das schon als kleines Kind gewünscht, und wie glücklich war sie darüber gewesen, als dieser Traum vor geraumer Zeit endlich in Erfüllung gegangen war.

Als die Tiere rhythmisch malmend in ihren Boxen standen, öffnete Ricky ein paar Heuballen und schnappte sich eine Gabel, um die Raufen zu füllen.

„Nun nimm doch mal den Kopf zur Seite, Sharazan! Rashid, sei nicht so gierig! Hey, Salina, wenn du nicht einen Schritt rübergehst, komme ich nicht an die Raufe! Mann, bist du heute wieder stur. Schlimmer als ein Esel … oh, Chicco, entschuldige, war nicht so gemeint!“, sagte Ricky und lachte, denn Lilians Eselchen, das sich mit der Ponystute Salina eine Box teilte, schaute sie bei diesen Worten entrüstet an, als ob es genau verstanden hätte, was sie da gerade gesagt hatte.

Nach dem Füttern beschloss Ricky, schon mal mit dem Misten zu beginnen, auch wenn Gustl, der Stallknecht der Familie Sulai, noch nicht zu sehen war. Bestimmt würde er in den nächsten paar Minuten erscheinen; und ganz bestimmt war er nicht böse darum, wenn sie ihm bis dahin schon ein wenig Arbeit abgenommen hatte. Schließlich war er ja auch nicht mehr der Jüngste.

Wieder einmal bedauerte Ricky, dass sie nur an den Wochenenden morgens bei der Stallarbeit helfen konnte. Unter der Woche, wenn sie Schule hatte, blieben ihr nach dem Frühstück nur wenige Minuten, in denen sie nur schnell Diabolo begrüßen konnte, ehe sie sich auf ihren Schulweg machen musste.

Während sie nun dabei war, Sharazans Box auszumisten, dachte sie automatisch an Marc Magenta, dem der Rotfuchs gehörte, und mit dem sie jetzt schon länger mehr als nur befreundet war. Mit einem Mal fiel ihr dann auch wieder der Traum ein, den sie letzte Nacht gehabt hatte und der der eigentliche Anlass dafür gewesen war, dass sie am Frühstückstisch so mies gelaunt gewesen war. Harrys Radiogedudel am frühen Morgen hatte ihr lediglich den Rest gegeben, als sie nach dem wirren Traum versucht hatte, wieder einzuschlafen.

Als sie mit der Box fertig war, strich Ricky Sharazan liebevoll durch die Mähne.

„Wollen bloß hoffen, dass dieser blöde Traum nicht wahr wird, sonst würdest du wahrscheinlich nicht mehr lange hier stehen! Dein Besitzer hat nämlich heute Nacht mit mir Schluss gemacht", sagte sie leise zu ihm und verzog missmutig das Gesicht. Dann schob sie den Mistkarren weiter zu dem Falben Rashid und versuchte, nicht mehr an den üblen Traum zu denken.

Rashid und Salina gehörten der ehemaligen Kunstreiterin Caroletta Koszy, die einen Gnadenhof für Pferde hatte, zu dem die Reiterclique gern immer wieder ritt. Rashid war aber auch das Pflegepferd von Kathi Sommer, die, genau wie Marc und Lilian, fast jeden Nachmittag hier ein und aus ging. Alles in allem fand Ricky es total klasse, dass die Pferde ihrer Freunde in diesem Stall standen. So verging kaum ein Tag, an dem die Kids nicht etwas zusammen unternahmen oder einfach nur beisammen saßen, um sich zu unterhalten.

„Guten Morgen, Ricky!" Gustl schlurfte zum Stall herein und gähnte herzhaft. „Kann ich gleich wieder gehen oder hast du mir noch ein wenig Arbeit übrig gelassen?"

„Hey, Gustl!" Ricky lugte hinter Rashid hervor. „Hab gerade erst angefangen. Sharazans Box ist fertig."

Der Alte nickte. „Dann werde ich mal weitermachen, wenn du mir die Mistgabel gibst."

„Okay."

„Wenn du noch helfen möchtest, könntest du ein paar Ballen Stroh runterwerfen! Weißt ja, es fällt mir mittlerweile ein bisschen schwer, diese Leiter auf den Heuboden hinaufzuklettern."

„Kein Problem, Gustl! Mach ich doch glatt. Ach, was ich dich noch fragen wollte … Ist Lupo eigentlich verschollen? Ich habe ihn schon ewig nicht mehr gesehen.“ In der Tat vermisste Ricky den Stallkater schon seit einigen Tagen und machte sich Sorgen, wo er nur stecken konnte.

„Ach, dem geht’s gut. Er hat sich nur angewöhnt, den Tag mehr auf meinem Bett als draußen zu verbringen“, bemerkte Gustl lachend. „Wenn ich ihn zwischendurch an die frische Luft setze, dann hockt er keine fünf Minuten später wieder an meinem Fenster und miaut erbärmlich, bis ich ihn wieder reinlasse.“

Ricky grinste. „Der hat mittlerweile wohl auch rausgefunden, dass es einfacher ist, darauf zu warten, dass du den Kühlschrank öffnest, als im Stall diversen Mäusen hinterherzurennen.“

„Sieht so aus. Da ist ja Leica noch ein besserer Mäusejäger“, gab der Alte zurück und machte sich an die Arbeit, während Ricky sich um die Strohballen kümmerte.

Es war gegen ein Uhr, als Lilian, Marc und Kathi im Sulaischen Stall eintrafen, um mit Ricky ihre Pferde zu satteln. Sie wollten sich mit ein paar Reitern von der Mercy-Ranch zu einem langen Ausritt treffen.

Als die vier am Espensee eintrafen, wo sie sich verabredet hatten, winkten ihnen Bine, Karel, Clarissa und Hannes bereits von Weitem zu.

„Hey, ihr seid pünktlich wie die Maurer!“, rief Bine. Sie nahm die Zügel etwas kürzer, da ihr Pferd Rondo wegen der näher kommenden Reiter zu tänzeln begann.

„Man tut, was man kann!“ Ricky nickte ihr zu und bedachte auch Karel mit einem freundlichen Lächeln. Noch vor Kurzem hatte es große Schwierigkeiten zwischen ihnen gegeben, weil sie Bines Freund nicht leiden konnte. Inzwischen hatte sie aber festgestellt, dass der Junge eigentlich ganz in Ordnung war. Damit waren nun zum Glück alle Unstimmigkeiten aus der Welt.

Hannes ritt sofort neben Kathi, und sein Pferd, der alte Jonas, begrüßte Rashid, indem er seinen Kopf an dessen Hals rieb.

Wie immer freute Hannes sich, Kathi zu sehen. Er hoffte, dass sich ihre Beziehung im Laufe der Zeit wieder einrenken würde, denn sie hatten eine ziemliche Krise hinter sich.

Clarissa war mit ihrem Pflegepferd Sheila gekommen, einer Schwarzwälderstute, an die das Mädchen ihr Herz verloren hatte, seit es sie das erste Mal gesehen hatte. Wie die meisten, die ein Pflegepferd hatten, träumte auch Clarissa davon, dass Sheila eines Tages vielleicht einmal ihr gehören würde.

„Wartet ihr schon lange?“, fragte Marc.

„Nein“, antwortete Karel.

„Ja!“, meinte Hannes fast gleichzeitig.

„Aha. Alles klar.“ Lilian grinste die beiden Jungen an.

„Na ja, fünf Minuten sind ja eigentlich keine lange Zeit, aber wenn ich auf Kathi warte, wird jede Sekunde zur Ewigkeit!“ Hannes blinzelte Rashids Reiterin verliebt zu.

„Romeo hat gesprochen!“ Marc nickte verständnisvoll. „Ging mir früher auch so.“

„Ach!“ Ricky schaute ihn fragend an. „Und jetzt nicht mehr?“

„Oh, hab ich was Falsches gesagt?“ Der Junge schaute sie treuherzig an.

„Hab ich euch eigentlich schon gesagt, dass unser Stall weitgehend fertig ist und Starlight Anfang der Woche umziehen kann?“ Karel klopfte seinem Araberschimmel den Hals.

„Was? Nächste Woche schon?“ Bine blickte erschrocken drein.

„Jetzt guck doch nicht so! Schließlich steht mein Angebot ja immer noch. Du schaust dir den Stall an, und wenn er dir gefällt, kannst du Rondo dazustellen. Du weißt ja, wir haben vier Boxen und wollen drei davon sowieso vermieten, damit Starlight nicht alleine steht.“

„Ich weiß. Das finde ich ja auch alles ganz toll. Und die Vorstellung, dass Rondo bei Starlight stehen wird, ist klasse, aber mir wird Caroletta fehlen! Ich habe mich irgendwie so an die Mercy-Ranch gewöhnt“, meinte Bine etwas geknickt. Aber sie wusste, dass Rondo und Starlight eigentlich nur übergangsweise bei Caroletta auf dem Gnadenhof standen. Im Grunde genommen waren die Boxen dort für alte, vierbeinige Rentner oder misshandelte Pferde vorgesehen. Also sollte sie eigentlich froh darüber sein, dass sie mit Rondos Auszug wieder Platz für so ein armes Wesen schaffen würde, das dann den Rest seines Lebens in Ruhe auf der Mercy-Ranch würde verbringen können.

„Geht mir doch auch so“, musste Karel zugeben. „Caroletta ist super! Aber ein eigener Stall ist auch was wert.“

„Das stimmt allerdings.“ Ricky nickte bekräftigend. „Wo ist denn der Stall? Weit weg von hier?“

Karel schüttelte den Kopf. „Wir wohnen vielleicht eine halbe Stunde von hier entfernt.“

„Dann ist’s ja eh kein Problem“, meinte nun Lilian zu Bine. „Da kannst du doch so oft zur Ranch rüberreiten wie du möchtest!“

„Hast eigentlich recht.“ Bines Gesicht hellte sich wieder auf. „Hey, Karel, könnten wir jetzt deinen Stall besichtigen?“

„Oh ja! Den möchte ich auch sehen!“ Kathi schaute Karel bittend an.

„Ja klar. Warum nicht. Reiten wir also alle zu mir nach Hause.“ Er lachte. „Meine Mutter wollte sowiesi schon immer wissen, mit wem ich mich so die ganze Zeit rumtreibe.“

„Dann los! Ich bin schon richtig gespannt!“

Caroletta Koszy stand vor einer der weitläufigen Koppeln der Mercy-Ranch und beobachtete ihre Pferde, die einträchtig beieinander standen und friedlich grasten.

Wie schön dieser Anblick jedes Mal aufs Neue für sie war! Und wie die Ruhe dieser Idylle sich doch immer auf sie übertrug.

Klar, die Ranch machte viel Arbeit, und es war auch nicht gerade billig, sie zu unterhalten. Manches Mal musste Caroletta gegen Monatsende jeden Cent umdrehen, um mit ihrem Gnadenhof nicht in die roten Zahlen zu kommen. Dennoch war ihr stets klar, wenn sie die Tiere so zufrieden vor sich sah, dass es für sie niemals etwas Wichtigeres geben würde, als für den Erhalt dieser Ranch zu sorgen. So konnten die Pferde in Ruhe alt werden und den Rest ihres Lebens hier genießen.

Im Augenblick dachte sie daran, dass Starlight und Rondo bald nicht mehr in ihrem Stall stehen und so mit den Boxenmieten auch zwei zuverlässige Einnahmequellen entfallen würden, was das Finanzielle nicht gerade einfacher machte. Und wieder einmal erinnerte sie sich daran, dass sie schon vor langer Zeit mit dem Gedanken gespielt hatte, für Sheila einen guten Platz zu suchen. Schließlich war das Pferd völlig gesund, relativ jung, und es war wundervoll zu reiten. Ihr Misstrauen gegen die Menschen hatte Sheila dank Clarissa völlig abgelegt. Jetzt war sie ein hundertprozentiges Verlasspferd. Von daher dürfte es nicht sonderlich schwierig werden, einen Käufer für sie zu finden. Caroletta würde eventuelle Käufer aber auf jeden Fall auf Herz und Nieren prüfen, damit das Pferd in absolut gute Hände käme.

Sie seufzte. Es wird Clarissa das Herz brechen, dachte sie schwermütig. Außerdem musste sie sich eingestehen, dass auch sie selbst an der Stute hing und es ihr unwahrscheinlich schwer fallen würde, sich von ihr zu trennen. Am liebsten hätte Caroletta alle Pferde für ewige Zeiten bei sich aufgenommen, aber das war ja nun leider nicht möglich. Aber sie musste vernünftig sein: Angesichts der im Augenblick äußerst angespannten finanziellen Lage blieb ihr gar keine andere Möglichkeit, als Sheila abzugeben.

Schweren Herzens wandte sich die Ranch-Chefin ab und ging zurück ins Haus, wo sie sich in ihrem Büro hinter dem Schreibtisch niederließ.

Mechanisch zog sie eine Schublade auf und holte einen Zettel hervor, auf dem sie schon vor ein paar Tagen eine Verkaufsanzeige für Sheila aufgesetzt und auch schon an die Lokalzeitung gegeben hatte.

Im Augenblick hätte sie alles am liebsten wieder rückgängig gemacht. Aber sie wusste, dass es notwendig war, sich von diesem Pferd zu trennen.

Matt stützte sie ihre Ellbogen auf den Tisch und bedeckte ihr Gesicht mit den Händen. Sie fühlte sich, als hätte sie einen Freund verraten …

„Happy birthday to you, happy birthday to you. Happy birthday, dear Micha, happy birthday to youuuu!“ Peter und Manuela Schneider sangen zwar ziemlich falsch, aber aus tiefstem Herzen heraus das Geburtstagslied für ihre Tochter Michaela, die an diesem Tag fünfzehn Jahre alt wurde.

Michaela konnte sich das Lachen kaum verkneifen. „Das habt ihr aber nicht lange geübt, oder?“, sagte sie grinsend und erwiderte die innige Umarmung ihres Vaters.

„Herzlichen Glückwunsch, meine kleine Micha, und alles, alles Gute für dich!“

„Danke, Papa … aber bitte lass mich noch am Leben, ja?“, keuchte Michaela lauter, als es nötig gewesen wäre.

„Genau, Peter! Lass mir auch noch etwas von unserer Tochter übrig!“ Manuela schloss das Mädchen etwas sanfter in die Arme, dann schaute sie ihm in die Augen.

„Auch ich wünsche dir nur das Allerbeste! Du weißt schon, mit fünfzehn …“, setzte sie zu einer Rede an. Doch Micha kannte sie schon von vorherigen Geburtstagen auswendig und zitierte sie jetzt, allerdings in einer etwas ironisch angehauchten Fassung.

„Ich weiß, Mama! Mit fünfzehn ist der Verstand so weit, dass man von selbst erkennt, was richtig ist. Und mit fünfzehn weiß man, dass man seinen Eltern nicht mehr mit zickigem Generve auf den Senkel gehen sollte. Die Pubertät sollte abgeschlossen sein, in der Schule sollte man sein Bestes geben, um einen anständigen Abschluss zu schaffen, wobei, nur mal so angemerkt, ‚anständig‘ relativ ist. Ach ja, und auch ganz wichtig: Man sollte erkennen, dass man nicht automatisch schon erwachsen ist, wenn man weiß, wie man mit einem Kajal und Lippenstift umgeht.“ Treuherzig schaute Micha ihre Eltern an. „Hab ich euch eigentlich schon gesagt, dass mich Pierre aus der Elften voll süß findet und mich gefragt hat, ob ich seine Freundin werden möchte?“, fügte sie noch hinzu.

Manuela schaute erschrocken, und ihr wurde schmerzlich bewusst, dass Micha tatsächlich nicht mehr das kleine Mädchen war, das sie noch immer vor sich sah.

„Also, zu meiner Zeit war es noch nicht üblich, mit fünfzehn schon einen festen Freund zu haben“, begann sie, doch Micha prustete nur lautstark heraus.

„Mensch, Mama, so alt bist du doch nun auch wieder

nicht. Die meisten aus meiner Klasse haben schon seit zwei Jahren einen Freund."

„Ah ja, und jetzt meinst du also, dass du dich ranhalten musst, um nicht eines Tages als alte Jungfer in die Geschichte einzugehen, oder was?" Peter blinzelte seiner Tochter vergnügt zu, während er seine Frau liebevoll an sich zog.

„Genau!"

„Was haben wir da nur großgezogen?", fragte er gespielt erschüttert. Auch Manuela musste jetzt lachen.

„Selber schuld", gab Micha grinsend zurück, und verschwörerisch schaute sich die Familie an. Sie hatten wirklich ein wunderbares Verhältnis zueinander, und Micha wurde oft genug von ihren Freunden um ihre „coolen" Eltern beneidet.

„Na, so, wie es aussieht, werde ich dann wohl in Zukunft ein Gedeck mehr am Kaffeetisch auflegen müssen", meinte Michas Mutter lächelnd.

„Apropos Kaffeetisch", warf Micha beiläufig ein und stellte sich auf die Zehenspitzen, um über die Schulter ihres Vaters auf den Esstisch zu schauen. „Boah … Himbeertorte und Apfelkuchen! Cool! Oh Mann, nach dieser Fressorgie werde ich zwei Wochen lang hungern müssen, um mein Gewicht wiederzuerlangen! Ach, was sage ich … drei Wochen mindestens! Aber egal." Sie konnte es kaum erwarten, sich endlich mit ihren Eltern an den Tisch zu setzen.

Genießerisch ließ sie dann die Himbeertorte auf der Zunge zergehen. „Mmhhh … Göttlich! Traumhaft!" Die Litanei der Lobesworte ging noch eine ganze Weile weiter, bis Manuela lachend abwehrte.

„Nun ist's aber gut!", meinte sie und wechselte einen verschwörerischen Blick mit ihrem Mann. „Möchtest du denn gar nicht wissen, was wir dir zum Geburtstag schenken?"

„Och, Mama, an diese Himbeertorte kommt sowieso

nichts mehr ran", sagte Micha schmatzend. Doch nach kurzer Bedenkzeit fügte sie hinzu: „Klar will ich das wissen, oder … halt! Lasst mich raten, ja? Vielleicht komme ich ja drauf."

„Da bin ich aber gespannt!" Peter schenkte allen noch Kaffee nach und nahm sich ein weiteres Stück Apfelkuchen. „Bevor es nichts mehr davon gibt", meinte er augenzwinkernd zu seiner Frau.

„Okay, also wartet." Micha überlegte einen Moment. „Ein Buch über Aufklärung wird es nicht sein. Das hatten wir bereits in der vierten Klasse. Ein Handy? Ach Quatsch, hab ja schon eins! Hmm, gar nicht so einfach. Eine Zehnerreitkarte fürs Gelände vielleicht?"

Michas Eltern schüttelten ihre Köpfe.

„Dann vielleicht eine neue Reithose? Auch nicht? Herrjeh, jetzt wird's schwierig. Vielleicht sollte ich erst noch ein Stück Kuchen zur Stärkung nehmen", schlug das Mädchen vor und lachte.

„Also, pass auf", ließ sich Peter hinreißen. „Ich gebe dir einen Tipp. Es ist etwas ganz Besonderes, und du rechnest bestimmt mit allem, nur nicht damit!"

Michaela schaute ihren Vater verdutzt an. „Das klingt ja echt mysteriös."

„Rate weiter!"

„Ähm, vielleicht hilft es mir, wenn ihr mir noch verratet, warum ich ausgerechnet zu meinem Fünfzehnten dieses ganz besondere Geschenk bekomme", versuchte Micha einen weiteren Tipp zu erhalten.

„Nun", sagte Manuela gedehnt. „Wir haben festgestellt, dass du ein ganz besonderer Mensch bist, der uns bislang nur Freude gemacht hat. Deine Noten sind hervorragend, du bist hilfsbereit, und du machst uns nicht diese Sorgen, die andere Eltern mit ihren heranwachsenden Töchtern so haben. Wir sind wirklich stolz auf dich, und wir dachten ganz einfach, dass wir uns durch unser Geschenk sozusagen bei dir für dich bedanken könnten."

Michaela war bei den Worten ihrer Mutter richtig verlegen geworden. Gerührt schluckte sie einen aufkeimenden Kloß im Hals herunter. Dabei bekam sie einen ziemlichen Hustenanfall, hervorgerufen durch einen Kuchenkrümel, der nicht den richtigen Weg gefunden hatte.

Micha wusste gar nicht, was sie sagen sollte, und so entschloss sie sich, einfach weiterzuraten.

Irgendwann wird das Geheimnis schon gelüftet werden, dachte sie und hatte wirklich keinen blassen Schimmer, um was es sich bei dem Geschenk handeln könnte. Aber es musste schon irgendetwas Großartiges sein.

„Eine Reise vielleicht?", wagte Micha jetzt zu sagen, denn schließlich wussten ihre Eltern, dass sie schon lange davon träumte, die Pyramiden von Gizeh zu sehen.

Peter schaute Manuela an. „Man könnte dieses Geschenk vielleicht auch noch in eine Reise umwandeln, oder was meinst du?"

Seine Frau schüttelte langsam den Kopf. „Ich glaube, Micha würde das bereuen!"

„Himmel, ich komme niemals drauf, was es ist!", gab Micha schließlich resigniert die Raterei auf.

„Also gut", sagte Peter feierlich, ehe er aufstand und aus einer Schublade des Highboards schließlich einen Umschlag zog. „Da ist es drin!", meinte er geheimnisvoll, doch bevor er ihn Micha reichte, sagte er: „Nur, dass eins klar ist: Mehr als das gibt's dieses Jahr nicht!"

Micha grinste. „Sicher?"

„So sicher wie das Amen in der Kirche."

„Okay. Darf ich … darf ich mein Geschenk jetzt endlich haben?"

Peter nickte und übergab ihr das Kuvert. Dann legte er seine Hand auf die seiner Frau, und beide waren gespannt darauf, wie Michaela wohl reagieren würde, wenn sie den Inhalt sah.

„Hi hi, ich könnte auch erst noch ein Stück Kuchen essen“, witzelte das Mädchen, als es die erwartungsvollen Gesichter seiner Eltern sah.

„Nichts da! Du wolltest es haben, also mach's jetzt auf!“

„Okay, Trommelwirbel … Tataaa …“, machte Micha und zog eine Pferdepostkarte aus dem Kuvert. Langsam begann sie zu lesen, dann wurden ihre Augen riesengroß. „Nein! Das gibt's doch nicht! Echt?“ Fassungslos schaute sie zwischen ihren Eltern hin und her, die sie anstrahlten und nickten.

„Ich werd irre!“, schrie Micha auf, und riss die Arme hoch. Für einen Moment schloss sie die Augen und hatte ein Gefühl, als wenn unter ihr der Stuhl weggezogen werden würde. Dann sprang sie auf und fiel abwechselnd Peter und Manuela um den Hals. Immer wieder musste sie auf diese Postkarte starren und sich vergewissern, dass sie sich auch wirklich nicht verlesen hatte.

Für einen ganz besonderen Menschen
ein besonderes Geschenk.

Wenn Du das umseitige Bild betrachtest,
dann weißt Du, was wir Dir schenken wollen.
Lass Dir Zeit mit dem Aussuchen,
damit Du auch das Pferd findest,
das wirklich zu Dir passt.
Denn Du wirst viele Jahre deines Lebens
mit ihm verbringen.

Herzlichen Glückwunsch zu Deinem Geburtstag, liebe Micha, und bleib so, wie Du bist!

Wir lieben Dich.
Deine Eltern

„Ich weiß gar nicht, was ich sagen soll. Ich … ich … mein Gott, ein Pferd! Damit hätte ich ja nie im Leben gerechnet! Oh Mann, bin ich glücklich! Danke, danke, danke! Ihr seid wirklich die besten Eltern der Welt!" Freudentränen liefen dem Mädchen über die Wangen, und durch das gleichzeitige Lachen und Weinen brachte sie schließlich nur noch ein Piepsen über die Lippen.

Sie würde ein eigenes Pferd haben! Ein richtiges Pferd! Ägypten und die Pyramiden waren vergessen.

„Sieht so aus, als hätte die Himbeertorte ihren Status als unerreichbares Geschenk verloren", stellte Peter trocken fest und lud sich ein weiteres Stück auf. Micha würde recht behalten. Eine dreiwöchige Fastenkur wäre nach diesem Geburtstag wohl das Mindeste, woran auch er sich zu halten hätte, um diesen Sommer eine einigermaßen passable Figur in der Badehose zu machen.

Kapitel 2

„Jetzt ist es nicht mehr weit“, sagte Karel und deutete nach vorne. „Wenn wir jetzt abbiegen, dann sind wir in etwa fünf Minuten bei mir zu Hause.“

Lilian verzog erstaunt ihr Gesicht. „Hier geht’s doch zu dem alten Jägerhaus. Ich kenne den Weg, bin aber schon ewig lange nicht mehr hier gewesen, da wir ja meistens in der anderen Richtung unterwegs sind.“

„Du kennst das Haus?“, fragte Karel erstaunt. „Dann weißt du, wo ich wohne.“

„Echt? Klasse!“ Lilian war ganz begeistert. „Das ist herrlich! Mein Vater hat mich vor ein paar Jahren mal dorthin mitgenommen, als Herr Burbacher noch drin gewohnt hat. Der war echt nett, der alte Herr. Und das Haus hat mir damals schon gefallen. Ist innen immer noch alles holzvertäfelt?“

Karel nickte. „Klar! Wir haben alles weitgehend so gelassen, wie es war. Nur in zwei Zimmern musste ein neuer Boden rein.“

„Toll! Und den alten Schuppen nebenan habt ihr jetzt zum Stall ausgebaut?“

„Als wir das Haus übernommen haben, war da schon ein Stall, aber halt in keinem guten Zustand“, erklärte Karel.

„Hmm …“

„Da vorne ist es“, sagte er gleich darauf. „Et voilà … Starlights neues Zuhause!“

„Mann, hier würde es mir auch gefallen“, meinte Kathi entzückt. „Das Haus ist ja total schnuckelig, und der Stall … dürfen wir uns den mal von innen anschauen?“

„Ja, natürlich. Kommt mit!“ Karel schwang sich aus dem Sattel, und die anderen taten es ihm nach. Einer nach dem anderen führte dann sein Pferd an dem geöffneten Stalleingang vorbei, um einen Blick in das Innere des renovierten Gebäudes zu werfen.

„Wow, das sieht von außen gar nicht so groß aus. Was für Maße haben denn die Boxen? Die sehen irre groß aus.“

„Vier mal vier Meter.“

„Super! Und die Fenster habt ihr auch neu gemacht?“

„Ja. Jetzt ist der Stall richtig hell. Wir müssen morgen nur noch die Bodenmatten in die Boxen legen, dann ist so weit alles fertig. Sogar Heu und ein großer Sack Futter sind schon da. Also alles fertig, damit Starlight nächste Woche einziehen kann … und Rondo natürlich auch, wenn du möchtest“, fügte Karel mit einem liebevollen Blick auf seine Freundin hinzu, während er ihr einen Arm um die Schultern legte.

Obwohl Bine natürlich an der Mercy-Ranch hing, hatte sie sofort, als sie dieses idyllisch gelegene Pferdeparadies gesehen hatte, gewusst, dass Rondo sich hier sehr wohl fühlen würde. Karel hatte sie kein zweites Mal fragen müssen, ob sie ihren Araber zu Starlight stellen wollte.

„Ja, es ist echt toll“, sagte Bine und lehnte sich an Karel. „Rondo wird mit umziehen! Hundertprozentig!“

Karel lächelte. „Dachte ich mir, dass es dir hier gefällt. Schau mal, da hinten haben wir schon eine Koppel eingezäunt. Sie ist so groß, dass man sie problemlos abteilen kann, wenn es darauf ankommt. Und über Winter können die Pferde in den kleinen Paddock, den wir hinter dem Stall errichtet haben.“

„Klein ist gut“, grinste Marc. „Über so einen Auslauf wären manche Pferde mehr als nur glücklich! Also, Karel, ganz ehrlich, ich bin restlos begeistert! Sollte mich Ricky jemals aus dem Sulaischen Stall werfen, hoffe ich doch sehr, dass du noch eine Box für Sharazan übrig hast“, witzelte er. Doch Ricky erinnerte sich an ihren Traum und fand das gar nicht so lustig.

„Ich werfe dich nur raus, wenn du mir einen Grund dazu gibst“, meinte sie und schaute sich um, als sie eine Tür zufallen hörte.

„Hallo! Haben mich meine Ohren also doch nicht getäuscht. Ich hatte plötzlich das Gefühl, als ob eine ganze Kompanie hier antrappelt.“ Angelika Benz war aus dem Haus getreten und schaute bewundernd auf die Pferde. „Das sind aber alles hübsche Tiere. Oh, der ist ja süß!“ Karels Mutter war vor dem alten Jonas stehen geblieben. Das schwere Kaltblut schien eine magische Anziehungskraft auf die Frau auszuüben.

„Das wäre meiner!“, sagte sie ganz spontan. „Ich mag schwere Pferde, aber leider kann ich nicht reiten.“ Hannes bemerkte einen bedauernden Blick in ihren Augen.

„Ach was, auf Jonas kann jeder reiten! Der ist brav wie ein Lamm!“, sagte er und winkte Karels Mutter einladend zu. „Möchten Sie sich vielleicht mal draufsetzen? Ich glaube nicht, dass der Gute was dagegen hat.“

Angelika Benz lachte. „Nein, lieber nicht! Der ist ja so groß, dass ich Höhenangst bekomme.“

„Ach komm, Mama, sei kein Frosch!“, sagte Karel lachend.

„Vielleicht nächstes Mal“, versuchte sie sich rauszureden.

„Aber das gilt dann, Frau Benz, oder?“ Hannes grinste.

„Ja, ja …“

„Wir haben das alle gehört!“

„Oje, dann bleibt mir wohl nichts anderes übrig, wenn ihr das nächste Mal wiederkommt?“

„Yip.“

„Also gut. Aber lasst euch mit eurem Besuch noch ein wenig Zeit, damit ich mich seelisch und moralisch darauf vorbereiten kann“, bat sie inständig.

„Schau mal, Mama, das ist Bine mit Rondo. Du weißt schon …“

Angelika streckte der Freundin ihres Sohnes freundlich die Hand entgegen. „Freut mich, dich endlich kennenzulernen. Karel hat schon viel von dir erzählt. Meinst du, dass es Rondo hier gefallen würde?“

Bine drückte die Hand der sympathischen Frau. „Der Stall ist so was von genial! Wenn's okay ist, würde ich Rondo hier tatsächlich gerne einstellen.“

„Natürlich ist das okay.“ Angelika Benz nickte Bine ermutigend zu. Sie war glücklich darüber, dass Karel so eine nette Freundin und so guten Anschluss an die jugendlichen Reiter gefunden hatte. Dass dieses Mädel sein Pferd zu Starlight stellen wollte, war ihr mehr als recht. Bestimmt würde Karel mit Bines Hilfe nicht mehr in seinen alten Lebensstil zurückfallen. Das hoffte Angelika sehr, denn Karel hatte, ehe die Familie aus Frankfurt hierher gezogen war, einigen Unsinn angestellt, was seine Eltern ganz schön teuer hatten bezahlen müssen.

Aber nun war er hier und hatte seiner Mutter geschworen, dass er nie wieder etwas Unüberlegtes tun würde. Und so, wie es aussah, hielt er sich auch daran.

Während sich die anderen unterhielten, stand Clarissa immer noch mit Sheila vor dem Stall.

„Träumst du, Mädchen?“ Lilian kam mit Holli zu ihr herüber.

„So einen Stall hätte ich auch gerne“, seufzte Clarissa

und lehnte sich nachdenklich gegen Sheila. „Meinst du, es ist teuer, so was zu bauen?“

Lilian schob ihre Unterlippe vor. „Na ja, ich denke, billig ist es bestimmt nicht. Kommt darauf an, ob du ein Gebäude komplett neu errichten musst, oder ob du schon irgendwas Bestehendes hast, was du ausbauen, beziehungsweise umbauen kannst.“

Clarissa atmete tief durch. „Im Augenblick sollte ich vielleicht einfach nur glücklich darüber sein, dass ich Sheila habe, die ich immer reiten und versorgen kann. Das ist ja auch schon mal was! Kann ja schließlich nicht jeder einen eigenen Stall haben, und vor allem, ein eigenes Pferd … Ich werde wohl nie eins bekommen …“

„Ach, wart's doch mal ab“, meinte Lilian. „Spätestens wenn du erwachsen bist und selbst Geld verdienst, kannst du dir immer noch überlegen, ob du dir eins kaufst.“

„Stimmt. Aber ob es Sheila da noch geben wird, ist fraglich“, meinte Clarissa mit einem traurigen Blick auf die Schwarzwälderstute.

„Es gibt auch noch andere Pferde“, sagte Lilian nach einem kurzen Zögern. Doch sie wusste genau, dass das keine gute Antwort gewesen war.

„Aber keines ist so wie Sheila. Sie ist einzigartig!“

Als die Reiter auf die Mercy-Ranch zurückkehrten, fanden sie Caroletta in größter Aufregung vor. Schon von Weitem hatten sie den Jeep des Tierarztes im Hof stehen sehen und sich gefragt, was wohl passiert war.

„Oh Gott, Caroletta, was ist denn los?“, fragte Bine erschrocken, als sie Rondo in die Stallgasse führte. Dort stand Quirin und beruhigte Jam, während Tierarzt Hofer langsam einen Stich nach dem anderen setzte und eine ziemlich große Wunde im Brustbereich des Pferdes nähte.

Caroletta stand neben ihm und reichte ihm Fäden und Zellstofftupfer, wenn er es verlangte.

„Jam ist über die Koppel galoppiert und ins Rutschen gekommen. Er ist geradewegs in die Koppelstangen gekracht, und das ausgerechnet an der Stelle, wo sie etwas dünner sind als der restliche Zaun. Eine der Stangen ist dabei gesplittert und hat sich in seine Brust gebohrt. Gott sei Dank war Quirin schon hier und konnte Jam einigermaßen beruhigen, während ich Dr. Hofer angerufen habe."

„Bitte einen neuen Tupfer ... Das ist wirklich übel. Aber wir kriegen das schon wieder hin. Keine Sorge, Caroletta. Es sieht zum Glück schlimmer aus, als es tatsächlich ist", sagte der Tierarzt und streckte erneut die Hand aus. „Geben Sie mir doch bitte noch einmal das Skalpell. Ich muss den Wundrand hier noch etwas mehr glätten, damit ich an dieser Stelle nähen kann!"

Bine hatte im Vorbeilaufen nur einen kurzen Blick auf die Wunde geworfen, doch das, was sie gesehen hatte, reichte völlig aus, dass es ihr fast den Magen umdrehte. Schnell brachte sie Rondo in seine Box, sattelte ihn ab und sprach beruhigend auf ihn ein, denn als das Tier das Blut seines Artgenossen witterte, wurde es nervös.

„Hättest ihn besser draußen gelassen", meinte Caroletta mit einem kurzen Seitenblick auf den Araber. „Pferde sind da sehr empfindlich."

Bine nickte. „Soll ich ihn wieder rausbringen?", fragte sie.

„Nein. Lass ihn jetzt in seiner Box", antwortete Dr. Hofer, ohne den Blick von der Wunde zu nehmen. „Wenn du dein Pferd jetzt wieder hier vorbeiführst, wird Jam noch unruhiger. Aber du kannst nach draußen gehen und deinen Freunden Bescheid sagen, was hier drinnen los ist. Nicht, dass sie jetzt auch ihre Tiere reinbringen."

„Okay, mach ich." Bine verließ Rondos Box und lief schnell nach draußen, ohne noch einmal auf Jams Brust zu schauen. Ihr war schon übel genug. Sie fragte sich, wie Caroletta und Quirin diesen Anblick aushielten.

Gerade noch rechtzeitig konnte sie Karel, Clarissa und Hannes stoppen, die mit ihren Pferden schon kurz vor dem Stalleingang waren.

„Halt! Nicht weiter! Jam wird gerade im Stallgang operiert! Ihr sollt die Pferde draußen lassen, bis Dr. Hofer fertig ist", rief sie ihren Freunden zu.

„Was?"

„Ach du Schande! Was ist denn passiert?"

„Erzähl schon!"

Und Bine erzählte …

Auch Ricky, Lilian, Kathi und Marc waren in der Zwischenzeit wieder zu Hause, standen an der Koppel und schauten ihren Pferden zu, wie sie sich nach dem Ausritt genüsslich im Gras wälzten.

„Das muss gut tun", meinte Marc verträumt.

„Kannst ja mitmachen", witzelte Kathi. „Deine Mutter wird sich allerdings nicht unbedingt über die Grasflecken in deinen Klamotten freuen."

„Ha, ha. Heiße ich Pferd, oder was?"

„Da gab's doch mal einen Film, *Sie nannten ihn Pferd* oder so ähnlich", überlegte Lilian laut.

„Also, ich hatte da jedenfalls nicht die Hauptrolle."

„Nee, du bist eher einer der beiden Alten aus der Muppets-Show, die immer in der Loge sitzen und alles kommentieren", rutschte es Ricky heraus.

„Sagt mal, habt ihr auf dem Ausritt zu viel Sonne abbekommen?" Marc schaute irritiert. „Dass Frauen immer so gehässig sein müssen!"

Die drei Mädchen grinsten sich an.

„Und einig seid ihr euch auch mal wieder. Toll!“ Marc schnaubte gespielt entrüstet. „Drei gegen einen, das ist typisch! Warte nur, Ricky, ich ziehe mit Sharazan doch noch bei Karel ein.” Jetzt kicherte Marc, doch Rickys Miene war auf einmal wie versteinert.

„Der Witz war echt schlecht.“ Rasch drehte sie sich um und lief den Feldweg zum Stall hinauf.

„War der wirklich so mies?“, fragte Marc, sichtlich erstaunt über Rickys Reaktion, die er sich nicht erklären konnte.

„Nee, eigentlich nicht, aber das hängt wohl damit zusammen, dass sie heute Nacht geträumt hat, dass du mit ihr Schluss machst“, verriet Lilian, der Ricky sich anvertraut hatte. „Sag ihr aber bloß nicht, dass ich dir das jetzt gesteckt habe. Sie würde mich umbringen!“

„Du bist in meiner Hand!“, sagte Marc grinsend, doch er wurde gleich wieder ernst. „So ein Blödsinn. Als ob ich das jemals machen würde. Hab sie doch viel zu lieb.“

„Dann sag ihr das doch. Vielleicht kriegt sie sich dann wieder ein“, schlug Kathi vor und Marc nickte.

„Wird wohl das Beste sein. Gebt mir zehn Minuten, dann könnt ihr mir folgen“, sagte er und hörte sich dabei an, wie ein Detektiv aus einem Krimi. Dann setzte er zum Laufschritt an und hatte Ricky gleich darauf noch vor dem Stall eingeholt.

Lilian und Kathi beobachteten das Ganze, und als Marc seine Freundin in den Arm nahm, blinzelten sich die Mädchen zu.

„Alles wieder in Butter, so wie’s aussieht.“

Nach einem letzten Blick auf die Pferde, die sich nun grasend langsam über die Koppel bewegten, gingen auch die beiden wieder zurück zum Stall. Schließlich mussten sie noch aufräumen, denn Gustl hasste nichts mehr, als wenn die Stallgasse belagert und nicht alles an seinem Platz war.

Am späten Nachmittag saßen die Freunde dann in Rickys Zimmer zusammen.

Plötzlich zog das Mädchen ein zerknittertes Stück Papier aus der Hosentasche und schaute nachdenklich darauf. „Habt ihr diese Einladung vom Reitverein auch schon bekommen?"

„Was für eine Einladung?", fragte Lilian interessiert.

„Na, ich lese euch das mal vor:

Einladung

Sehr geehrte aktive und passive Mitglieder,

sehr geehrte Pferdefreunde!

Der Sommer kommt, und mit den steigenden Temperaturen steigt auch unsere Lust auf Pferde, Reiten, Spiel und Spaß.

Natürlich fängt auch bald die Turniersaison an, aus der unsere Mitglieder hoffentlich wieder erfolgreich hervorgehen werden. Wir haben aber auch eine Menge Reiter unter uns, die sich weniger für den Turniersport interessieren, dafür mehr Freude an dem ungezwungenen Reiten haben.

Für genau diese Mitglieder haben wir uns etwas ganz Besonderes überlegt:

Wir wollen ein ‚Spaßturnier' für unsere Turnier-Muffel durchführen, bei dem auch Nichtmitglieder mitmachen können.

Spannende Reiterspiele warten auf Sie!

Na, hört sich das nicht gut an?

Übrigens, wir haben für alle Ideen zu pferdigen Spielen ein offenes Ohr und freuen uns auf Vorschläge bis Ende des Monats.

Wir freuen uns auf Ihre Rückmeldung und hoffen, dass wir alle viel Spaß haben werden!

Es grüßt Sie
Ihr Vorstand des Reitvereins
gez. Dominik Resch

Na, was haltet ihr davon?", fragte Ricky gespannt.

„Das hört sich klasse an! Aber ich frage mich, wer dieses Schreiben aufgesetzt hat. Der Resch war das bestimmt nicht. Dieser Griesgram würde niemals so lockere Worte zusammenbringen", meinte Lilian.

„Der Resch ist mir total wurscht", sagte Kathi nach einer kurzen Überlegung. „Wenn Caroletta nichts dagegen hat, würde ich mit Rashid gerne mitmachen!"

„Ich denke, da gibt's keine Probleme." Marc nickte Kathi zu. „Caroletta ist doch für so was immer zu haben. Wahrscheinlich wird sie es eher bedauern, dass sie selbst nicht mehr fit genug ist, um an diesem Spaßturnier teilzunehmen."

„Da könntest du recht haben. Also ich melde mich auch an", sagte Ricky mit einem Leuchten in den Augen. „Für normale Reit- und Springturniere bin ich ja schon lange nicht mehr geeignet, seit ich mit Diabolo nur noch im Gelände unterwegs bin. Aber ein paar Spiele würden wir noch auf die Reihe kriegen."

„Also gehen wir alle hin, ja?"

„Yip!"

„Wir könnten doch morgen mal die anderen von der Mercy-Ranch fragen. Könnte mir vorstellen, dass Bine und Karel davon auch begeistert wären."

„Ha! Ob Karel so begeistert ist, wieder mit dem Resch zusammenzutreffen, ist eine andere Frage." Lilian erinnerte sich daran, dass der Vorsitzende des Reitvereins dem Jungen ungerechterweise eine Zeit lang das Leben ganz schön zur Hölle gemacht hatte. „Hat der sich eigentlich je bei Karel entschuldigt?“

„Glaube nicht.“

„Na, wir fragen ihn trotzdem. Wär doch super, wenn die ganze Clique mitmachen würde, oder?“

Ricky nickte. „Und es wäre mal wieder etwas ganz anderes, als immer nur im Gelände herumzugondeln, so sehr ich das auch liebe.“

„Stimmt. Mensch, wisst ihr was? Ich frage Rainer mal! Vielleicht kommen auch noch ein paar Leute von der Westernranch. Dann wird’s erst richtig lustig!“, schlug Lilian vor, deren Freund Rainer ein eingefleischter Westernreiter war.

„Glaubst du nicht, dass die auch eine Einladung bekommen haben?“

„Keine Ahnung. Aber ich hab ja auch keine.“

„Woher hast du den Wisch eigentlich, Ricky?“

„War heute im Briefkasten.“

Lilian schaute auf ihre Armbanduhr und stand auf. „Leute, so leid mir’s auch tut, aber ich muss nach Hause. Wir schreiben morgen früh Spanisch, und ich muss diese blöde Grammatik unbedingt noch mal wiederholen, sonst sehe ich morgen ganz schön alt aus.“

Kathi und Marc schlossen sich ihr an.

„Time to say goodbye“, begann Marc schaurig schief zu singen. „Muss leider auch noch lernen.“

„Für was?“, fragte Ricky verblüfft.

„Schon vergessen? In zwei Tagen schreiben wir Mathe.“

Ricky stöhnte auf. „Oh nein! In zwei Tagen ist das schon? Ähem … Kathi, du musst mir das unbedingt noch mal erklären, sonst bin ich da genauso geliefert wie Lilian in ihrer Spanisch-Arbeit!“

Kathi, das Mathegenie, grinste breit. „Sofort oder morgen?“, fragte sie.

„Was du heute kannst besorgen, das verschieb auf übermorgen“, antwortete Ricky. „Morgen Abend, ja? Dann habe ich von deinen Erklärungen übermorgen vielleicht wenigstens noch dreißig Prozent intus.“

„Wenn du so viel behalten würdest, dann wärst du echt gut“, neckte Kathi ihre Freundin und duckte sich vor dem Kissen, das Ricky ihr entgegenschleuderte.

Micha hatte sich so langsam wieder gefangen.

Nachdem sie noch mindestens eine Stunde gebraucht hatte, um sich immer wieder bei ihren Eltern zu vergewissern, dass die Sache mit dem eigenen Pferd wirklich kein Witz gewesen war, hatte sie nun angefangen, sich zu überlegen, wie wohl ihr Traumpferd aussehen könnte.

Friesen hatten eigentlich immer zu ihren Favoriten gehört, aber auch Shire Horses standen ganz oben auf ihrer Rangliste, gefolgt von Arabern, Schwarzwäldern, Paints … Eigentlich liebte sie alle Pferde, egal, welcher Rasse sie angehörten.

Ein eigenes Pferd … einfach so, aus dem Nichts heraus … Oh Mann, was war sie doch für ein Glückspilz!

Sie solle sich mit der Suche nach dem richtigen Pferd Zeit lassen, hatte auf der Karte ihrer Eltern gestanden. Und Micha wusste, dass das stimmte. Aber für jemanden, der sich schon immer ein eigenes Pferd gewünscht hatte, schien nach so einem Geschenk jede Minute ohne Pferd verlorene Zeit zu sein.

Micha atmete tief durch und begann zu überlegen.

Manchmal erfuhr sie ja durch Mitglieder des Reitvereins, wenn irgendjemand ein Pferd verkaufte. Doch im Augenblick war ihr nichts dergleichen bekannt.

Vielleicht sollte ich einfach mal in die Zeitung schauen, was da so angeboten wird, dachte sie und holte die aktuelle Tageszeitung aus dem Wohnzimmer.

Wieder zurück in ihrem Zimmer, breitete Micha die Zeitung auf ihrem Bett aus, hockte sich im Schneidersitz davor und suchte nach den Tiermarkt-Anzeigen.

Gleich darauf las sie laut: „*Bergziegen, Zwergziegen, Hausziegen* … Wenn ich jetzt Heidi von der Alm wäre, würde ich Juhu schreien ... *Berner Sennhund, Schäferhundmischling, Siamkatzen, Katzenkinder, Zwergkaninchen* …"

Oh Mann, immer stehen Pferde drin. Nur heute nicht. Das gibt's doch wohl nicht!, dachte Micha resigniert, doch dann stieß sie auf zwei Verkaufsanzeigen von Pferdehändlern.

Micha überlegte. Pferdehändler haben natürlich eine große Auswahl an verschiedenen Pferden, aber oft weiß man nicht viel über die Tiere, zum Beispiel wo sie herkommen, wie sie aufgewachsen sind, wie sie behandelt worden sind ... Sie hatte schon davon gehört, dass es auch schwarze Schafe unter den Händlern gab, die genau wussten, wie sie Nachteile bestimmter Pferde vertuschen konnten.

Händler sind tabu!, beschloss Micha für sich selbst und hoffte darauf, dass in den nächsten Tagen vielleicht auch wieder ein paar Privatleute ihre Pferde zum Verkauf anbieten würden. Bis es so weit war, würde sie sich wohl oder übel gedulden müssen.

„Auf ein paar Tage mehr oder weniger kommt's jetzt auch nicht mehr an", versuchte sie sich einzureden, aber diese Art der Selbsthypnose zeigte keine Wirkung. Ihre Eltern wollten ihr ein Pferd schenken, also wollte sie jetzt eben auch so schnell wie möglich eins haben!

Na ja, aber nicht einfach nur irgendeins ...

Micha knüllte die Zeitung zusammen und warf sie in die

Ecke. Dann legte sie sich rücklings auf ihr Bett, verschränkte die Arme hinter ihrem Kopf und starrte an die Decke.

Was wohl ihre Freundinnen dazu sagen würden?

Wahrscheinlich gar nichts!, gab sich Micha gleich selbst die Antwort. Schließlich waren sie alle keine Reiterinnen.

Mit einem Mal erinnerte sie sich an ihre Cousine, mit der sie schon seit ewigen Zeiten keinen Kontakt mehr gehabt hatte. Bine hatte auch ein eigenes Pferd, und so wäre es doch möglich, dass sie vielleicht jemanden kannte, der sein Pferd verkaufen wollte.

Ob sie einfach mal bei ihr anrufen sollte? Schließlich waren sie immer gut miteinander ausgekommen, und im Nachhinein wusste Micha schon gar nicht mehr, warum der Kontakt zwischen ihnen überhaupt abgebrochen war.

Entschlossen richtete sie sich auf und rannte aus ihrem Zimmer direkt in die Küche, wo ihre Mutter am Herd stand.

„Sag mal, Mummy, hast du eigentlich die Telefonnummer von Bine?“

Manuela lächelte ihre Tochter an. „Du sollst nicht immer Mummy zu mir sagen. Das klingt wie Mumie, und dann komm ich mir steinalt vor.“

„Okay, Mummy“, entgegnete Micha und zwinkerte ihrer Mutter zu. „Also, hast du die Nummer?“

„Was?“

„Na die Telefonnummer von Bine.“

„Welche Bine?“

Micha trat ungeduldig von einem Fuß auf den anderen. „Die Tochter deiner Schwester! Meine Cousine! Deine Nichte! Papas Schwiegernichte!“

„Schwiegernichte? Gibt’s denn so was überhaupt?“

„Keine Ahnung. Hauptsache, es gibt eine Telefonnummer von ihr.“

Manuela überlegte. „Warte mal. Die sind vor einiger Zeit

umgezogen." Manuela lief ins Wohnzimmer und zog eine der Schubladen des großen Holzschrankes auf. Verblüfft schaute sie hinein, während sie ein paar Dokumente hochhob. „Na so was. Ich hätte schwören können, dass ich mein Adressbuch hier reingelegt habe."

„Sag bloß, du findest es nicht."

„Sieht so aus."

Mit einem Mal drang ein lautes Zischen aus der Küche herüber.

„Himmel! Meine Soße kocht über!" Manuela sprintete zurück. „Ich suche dir die Nummer später raus, ja? Das Adressbüchlein kann sich ja nicht in Luft aufgelöst haben. Ich muss jetzt erst mal schauen, ob ich hier noch was retten kann."

„Mist. Na gut, kann man nichts machen." Micha zog ab.

Jetzt habe ich schon mal eine super Neuigkeit und kann sie noch nicht mal loswerden, dachte sie. Das Leben ist echt nicht fair! Dann musste sie angesichts ihrer Gedankengänge selbst lachen und verschwand wieder in ihrem Zimmer.

Es war schon spät am Abend, und noch immer erhellte ein schwacher Lichtschein die Stallgasse der Mercy-Ranch. Caroletta hatte beschlossen, noch einmal nach ihrem Sorgenkind Jam zu sehen. Schließlich hatte das Tier eine ganze Weile lang unter Schock gestanden, als sie ihn nach der Behandlung in seine Box gebracht hatten.

„Guten Abend, du armer Kerl. Wie geht's dir denn jetzt?", fragte sie leise und voller Mitgefühl. „Hast du Schmerzen? Bestimmt. Da musst du leider durch, mein Guter! Warum musstest du auch unbedingt so über die Koppel rasen?" Caroletta streckte ihren Arm über die Boxentür, um Jams samtweiche Nüstern zu streicheln. Völlig apathisch stand das Tier vor ihr und schien sie kaum wahrzunehmen.

„Ich lass dich ja schon in Ruhe. Schlaf schön. Ich seh morgen früh wieder nach dir. Und werd ganz schnell wieder gesund, ja?“ Caroletta nickte ihm zu, dann ging sie wie an jedem Abend noch von Box zu Box, um jedem Pferd eine gute Nacht zu wünschen.

Bei Sheila blieb sie etwas länger stehen als sonst. Nachdenklich schaute sie auf die bildhübsche Stute, die vertrauensvoll herankam und ihr in die Haare schnaubte.

„Ach du, wenn du wüsstest, was ich heute gemacht habe“, sagte die Ranch-Chefin leise, während sie einen Kloß im Hals verspürte. „Du wirst in absehbarer Zeit ein neues Zuhause bekommen, Sheila, aber du weißt hoffentlich, dass es mir wirklich nicht leicht fällt, dich herzugeben! Ich verspreche dir, dass ich dir einen guten Platz suche. Einen sehr guten Platz, wo es dir gut geht und wo die Menschen dich lieben.“ Caroletta stiegen plötzlich Tränen in die Augen. „Verzeih mir, Sheila, aber es geht leider nicht anders …“

Bedrückt löschte sie jetzt das Licht und ging wieder zurück in ihre Wohnung. Ruhelos tigerte sie eine ganze Weile von einem Zimmer in das andere. Dann machte sie sich noch einen Kaffee, obwohl sie genau wusste, dass der sie die halbe Nacht wachhalten würde. Aber vermutlich würde sie sowieso nicht schlafen können. Erst Jams Unfall, der ihr noch ziemlich nachhing, dann Sheila … ach ja, und nicht zu vergessen die Sache mit ihrer geplanten kleinen Reithalle, aus der vorläufig wohl doch nichts wurde. Der Bau würde im Endeffekt wesentlich teurer werden, als es anfänglich geplant gewesen war. Sie würde noch mindestens zwei Jahre lang regelmäßig Sommergäste aufnehmen müssen, um diese Mehrkosten zu erwirtschaften.

Schade, dachte Caroletta. Aber dann muss die Halle eben noch eine Weile warten. Aufgeschoben ist ja schließlich nicht aufgehoben. Irgendwann werde ich das schon auf die

Reihe bekommen. Das Einzige, was sie wirklich an dieser ganzen Sache wurmte, war, dass sich der Architekt in seiner Berechnung so verkalkuliert hatte. Aber zum Glück war das ans Licht gekommen, bevor sie mit dem Bau begonnen hatte.

Caroletta seufzte. Zur Zeit war das Leben mal wieder nicht gerade einfach, doch sie wusste aus Erfahrung, dass es nach Tiefpunkten auch wieder aufwärts ging. Und da ihr auch klar war, dass sich nichts in ihrem Leben ändern würde, auch wenn sie sich jetzt die Nacht mit tausend Gedanken um die Ohren schlagen würde, beschloss sie, ins Bett zu gehen. Irgendwann würde sie einschlafen und morgen früh … ja, morgen früh wäre ein neuer Tag, und sie würde das Beste daraus machen.

Kapitel 3

Am folgenden Morgen rief Karel Bine sehr früh an. „Hey, ich komme heute vermutlich erst gegen Nachmittag auf die Ranch. Mein Vater und ich möchten die Isoliermatten für die Boxenböden zurechtschneiden und legen, und das dauert. Aber wenn wir heute noch damit fertig werden, würde nichts dagegen sprechen, dass wir die Pferde bereits morgen umsiedeln."

„Hört sich gut an! Morgen wäre prima. Da haben wir schon ziemlich früh schulfrei und hätten genügend Zeit", antwortete Bine mit klopfendem Herzen.

„Das dachte ich auch." Karel machte eine kurze Pause. „Hab ich dir heute eigentlich schon gesagt, dass ich dich unwahrscheinlich lieb habe?", fragte er, und Bine schloss am anderen Ende der Leitung für einen Augenblick glücklich die Augen.

„Nein, hast du nicht. Aber selbst wenn, dann würde ich es immer wieder gerne hören!"

Karel lächelte, auch wenn Bine es nicht sehen konnte. „Na, dann sehen wir uns später. So long!"

„Okay, tschüss!" Bine legte langsam den Telefonhörer auf. Jetzt war es also bald so weit. Sie musste von der Mercy-Ranch Abschied nehmen und von Caroletta, die Rondo und Starlight damals spontan eine Box zur Verfügung gestellt hatte, als Bine und Karel keinen anderen Stall finden konnten.

Ich glaube, es wäre angebracht, Caroletta heute eine Kleinigkeit als Dank mitzubringen, überlegte Bine, und auf einmal wusste sie auch, was sie ihr schenken wollte.

Rasch rannte sie in ihr Zimmer und holte von ihrem Regal den großen Kristallglasquader herunter, in den eine wunderschöne Stute mit Fohlen eingraviert war. Einerseits trennte sich Bine ungern von diesem hübschen Dekostück, das sie sich über Monate hinweg selbst zusammengespart hatte. Andererseits waren Caroletta und ihre immerwährende Herzlichkeit es wert.

Noch einmal betrachtete Bine das Glas liebevoll, dann wühlte sie in einer Kiste, wo sie alles Mögliche sammelte und fischte einen Bogen Geschenkpapier heraus.

„Oh, etwas zerknittert“, murmelte sie, doch nachdem sie das Papier ein paar Mal straff über die Tischkante gezogen hatte, schien es ihr gut genug, um das Glas zu verpacken.

Anschließend schrieb sie ein Kärtchen und steckte es an das Päckchen.

Liebe Caroletta, vielen Dank für alles!
Deine Bine und Karel

Zufrieden nickte das Mädchen und schaute auf seinen Wecker. Es war erst neun Uhr, aber mit dem Fahrrad brauchte sie eine Stunde zur Ranch – genau die richtige Zeit, um Caroletta bei ihrem zweiten Kaffee anzutreffen. Also zog sie sich schnell um und machte sich auf den Weg.

Als Bine um kurz vor zehn auf den Hof der Mercy-Ranch einbog, sah sie Clarissas Fahrrad, das wie jeden Tag gegen die Hauswand gelehnt dastand.

Bine freute sich. Sie mochte Clarissa und war mittlerweile recht gut mit ihr befreundet.

„Halli hallo, jemand da?", rief Bine, während sie in den Stall lief. Als sie Clarissa und Caroletta mit ernsten Gesichtern vor Jams Box stehen sah, wurde sie langsamer.

„Hey", sagte sie leise. „Wie geht's Jam?"

Caroletta schüttelte langsam den Kopf. „Nicht so gut. Ich bin froh, wenn Dr. Hofer nachher vorbeikommt und ihn sich noch einmal anschaut."

„Oh", entgegnete Bine betreten.

Jam sah wirklich elend aus. Er stand mit gesenktem Kopf in einer Ecke der Box und reagierte weder auf Carolettas Stimme, noch auf Bines Ankunft. Normalerweise war er sehr neugierig und immer einer der Ersten, die den Kopf über die Boxenwand streckten, um mitzubekommen, wer im Stall ein und aus ging. Außerdem hatte er auch nichts gefressen. Das Heu in der Raufe und das Kraftfutter in seinem Trog waren unberührt. Bine hatte das Gefühl, dass Jams einziger Wunsch war, in Ruhe gelassen zu werden.

Caroletta wandte sich ab. „Kaffee oder Tee?", fragte sie mit einem angestrengten Lächeln.

„Tee wäre klasse!", gab Clarissa zurück, und Bine nickte zustimmend.

„Dann kommt mit. Wir können hier im Augenblick sowieso nichts machen."

Während Caroletta in der Küche die Getränke aufbrühte, hatte Clarissa nach den auf dem Tisch liegenden Zeitungen gegriffen, um darin herumzublättern. Bine holte ihr Geschenk hervor und stellte es unbemerkt an den Platz der Ranch-Chefin.

„Weißt du inzwischen schon, wann ihr mit Rondo und Starlight umzieht?", fragte Caroletta ganz nebenbei.

„Karel meinte, wenn sie heute die Bodenmatten legen, könnten wir morgen die Pferde einstellen."

„Aha. Morgen also … Himmel, wie die Zeit vergeht. Ich habe das Gefühl, als ob ihr erst letzte Woche hierher gekommen seid.“ Caroletta füllte die heißen Getränke in Thermoskannen und kam zu den Mädchen herüber.

„Nun mach mal ein bisschen Platz“, sagte sie zu Clarissa, die ihren Lesestoff auf dem ganzen Tisch ausgebreitet hatte.

„Okay.“ Clarissa wollte eben die Zeitungen zusammenfalten, als ihr Blick auf die Tier-Verkaufsanzeigen fiel. „Die verkaufen wieder alles Mögliche. Zierfische, Bergziegen, einen Leguan … Caroletta, könntest du einen Leguan brauchen?“ Und während sie selbst noch über die Vorstellung lachte, dass auf der Mercy-Ranch ein solches Tier plötzlich unterwegs wäre, sprang ihr eine Anzeige ins Auge.

„Hört mal, da verkauft jemand eine Schwarzwälderstute, superlieb, einwandfreier Charakter, schmiede-und verladefromm, hundertprozentiges Verlasspferd …“ Clarissa seufzte. „Das könnte glatt Sheila sein. Ich frage mich immer, warum solche Pferde verkauft werden. Ich meine, man kann sich doch glücklich schätzen, wenn man so ein tolles Pferd hat.“

Caroletta erschrak. Sie hatte ja überhaupt nicht daran gedacht, dass ihre Anzeige schon in dieser Samstagszeitung geschaltet war. Warum hatte sie die Zeitungen auch ausgerechnet hier liegen lassen müssen? Jetzt hatte Clarissa doch tatsächlich Sheilas Verkaufsanzeige in die Finger bekommen. Dabei hatte sich Caroletta vorgenommen, dem Mädchen schonend beizubringen, dass sie das Pferd verkaufen würde.

„Manchmal muss man Dinge machen, die man eigentlich gar nicht machen möchte“, sagte sie nun langsam, während sie sich umständlich setzte und Clarissa ansah. „Manchmal zwingen einen eben äußere Umstände dazu.“

„Ich verstehe das trotzdem nicht."
„Schau, wie würdest du reagieren, wenn ich Sheila verkaufen würde?", versuchte Caroletta vorzufühlen.
„Das würdest du doch nie machen! Und wenn, dann … dann glaube ich, dass du das nur machen würdest, wenn es irgendwie mit der Ranch zu tun hätte."
Caroletta nickte. „Siehst du. Und schon wäre ein Grund gegeben. Aber davon einmal abgesehen: Erinnerst du dich daran, dass ich einmal gesagt habe, dass ich versuchen möchte, für manche Pferde gute Plätze zu finden, damit ich auf der Mercy-Ranch auch wirklich immer Platz für Notfälle habe?"
„Ja klar. Das ist ja auch verständlich."
„Okay, Clarissa, du verstehst also, dass Verkaufsanzeigen nicht immer nur von bösen Menschen, die ihr Pferd einfach nur loswerden möchten, aufgegeben werden?"
Das Mädchen nickte zögerlich. „Ja, aber ich würde mein Pferd niemals verkaufen. Niemals!", sagte sie stur.
„Caroletta, ich hab dir …", begann Bine, nachdem eine kurze Pause entstanden war. Sie dachte, dass dieses Thema nun abgeschlossen wäre, doch die Ranch-Chefin unterbrach sie abrupt.
„Einen Moment, bitte … Clarissa, ich wollte dir das eigentlich ganz anders sagen, aber … hast du die Telefonnummer unter dieser Verkaufsanzeige für die Schwarzwälderstute gelesen?"
„Nee, hab ich nicht." Das Mädchen grinste. „Möchtest du für Sheila eine Freundin anschaffen? Warte mal, ich schaue nach." Eifrig blätterte es noch einmal die entsprechende Zeitung auf. „Wo war das nur … ah ja … hier! Also die Nummer lautet …" Noch ehe Clarissa die Zahlen ausgesprochen hatte, wurde sie bleich. „Aber das … das ist ja deine Nummer!"

Caroletta nickte, und ganz langsam begann Clarissa zu verstehen.

„Sheila! Das ist nicht dein Ernst oder? Du willst Sheila verkaufen! Aber das kannst du doch nicht machen! Sie … ich … Bitte, Caroletta, sag, dass das nicht stimmt!“ Die Unterlippe des Mädchens begann zu zittern, während es flehentlich darauf hoffte, dass Caroletta jetzt die richtige Antwort geben würde.

Doch Caroletta blieb stumm und sah Clarissa einfach nur an.

Aufschluchzend sprang das Mädchen vom Stuhl und rannte nach draußen, wo es sein Fahrrad nahm und Hals über Kopf die Ranch verließ.

Clarissa konnte in diesem Augenblick keine Minute länger auf der Ranch bleiben, geschweige denn zu Sheila gehen. Das Schlimmste, was sie sich je hatte vorstellen können, war eingetreten. Sheila würde verkauft werden! Ihre Sheila! Das Pferd, das ihr so viel bedeutete … Sie würde es dann vermutlich nie wiedersehen, würde nie wieder sein weiches Fell berühren, nie wieder in diese wundervollen, klugen Augen blicken können ... und ihr Herz würde niemals aufhören zu weinen.

„Caroletta, wie konntest du mir das antun?“, schrie sie der strahlenden Sonne entgegen, während sie in einem unendlichen Meer von Tränen versank.

Bine schaute die Ranch-Chefin, die ebenfalls sichtlich um ihre Fassung ringen musste, betreten an. „Caroletta … du, ich …“, begann sie, doch dann fand sie einfach keine Worte. Wenn sie sich vorstellte, wie sich Caroletta und Clarissa jetzt fühlen mussten, kam das Geschenk ihr albern vor. Fast schüchtern erhob sie sich und ging leise nach draußen. Sie spürte, dass Caroletta jetzt alleine sein wollte. Mit hängendem Kopf schlich sie in den Stall zu Rondo, während sie an Clarissa dachte.

Fest umarmte sie den Hals ihres Pferdes. „Ich weiß genau, was in Clarissa vorgeht!“, flüsterte Bine Rondo zu. „Ich werde niemals vergessen, wie ich mich damals gefühlt habe, als Papa dich so einfach verkauft hat! Niemals! Clarissa tut mir so leid …“

Inzwischen saß Caroletta immer noch so da, wie Bine sie verlassen hatte.

Es tat der Ranch-Chefin in der Seele weh, wenn sie an Clarissa dachte. Sie mochte das Mädchen unwahrscheinlich gern, und nichts lag ihr ferner, als ihm weh zu tun.

„Du hättest es ihr anders sagen müssen, Caroletta Koszy“, haderte sie mit sich selbst. „Du hättest es ihr schonender beibringen müssen!“ Doch eigentlich war ihr klar, dass Clarissas Reaktion vermutlich dieselbe gewesen wäre.

Sie seufzte und lehnte sich ein wenig zurück, wobei ihr Blick jetzt erst das hübsch verpackte Geschenk streifte, das ihr noch gar nicht aufgefallen war.

Von wem war das denn? Langsam nahm sie es hoch, und während sie sich darüber wunderte, wie schwer es war, öffnete sie es vorsichtig.

Entgeistert starrte sie auf das wunderschöne Deko-Stück, und las dann den Text auf dem kleinen Kärtchen, das neben dem Geschenkpapier auf dem Tisch lag.

Caroletta schluckte gerührt. Dieser einfache Satz, *Danke für alles!*, erreichte auf direktem Weg ihr Herz und genügte, um sie total aus der Fassung zu bringen.

Als sie sich ein bisschen beruhigt hatte, wischte Caroletta sich über die Augen und stand auf, um Bine zu suchen. Doch als sie endlich im Stall war, war das Mädchen schon mit seinem Rondo unterwegs auf einem Ausritt.

Ricky, Lilian, Kathi und Marc trugen unter großem Gelächter vier alte Stühle, zwei Eimer voll Wasser und zwanzig Kunststoffpfähle auf die Koppel.

„Wenn du weiter so rumwackelst, sind die Eimer leer, bis wir da sind", gluckste Ricky, während sie Marc dabei beobachtete, wie er verzweifelt versuchte, möglichst nichts zu verschütten.

„Mann, sind die Dinger schwer! Meine Arme werden immer länger." Keuchend stellte der Junge seine Last für einen Augenblick ab, um durchzuatmen.

„He, wir haben die Tischtennisbälle und die Löffel vergessen!", bemerkte Lilian.

„Und Äpfel brauchen wir auch noch! Und die Luftschlangen", fügte Ricky hinzu. „Aber auf einmal hätten wir das ganze Zeug eh nicht herschaffen können. Schade, dass wir nicht noch ein paar Strohballen haben."

„Moment mal! Wenn du jetzt noch von mir verlangst, dass ich den ganzen Weg Strohballen schleppe, dann habe ich jetzt gleich einen wichtigen Termin. Kannst du mir nicht lieber endlich mal erklären, wozu ich mich hier mit den überdimensional großen Wassereimern abmühen muss?", fragte Marc und rieb sich immer noch stöhnend die schmerzenden Finger.

„Verrate ich dir nachher, wenn's so weit ist."

„Klasse!"

„Nun jammer nicht! Schließlich warst du vorhin auch Feuer und Flamme dafür, dass wir vor der Anmeldung zum Spaßturnier ein paar Reiterspiele ausprobieren, um zu sehen, ob sich unsere Pferde überhaupt dafür eignen." Ricky lud sich erneut die Kunststoffstangen auf und stiefelte weiter.

„Reiterspiele schön und gut, aber nach dieser Plackerei tun mir so die Arme weh, dass ich nachher vermutlich noch nicht mal mehr den Sattel auf Sharazans Rücken heben kann.“ Marc schnaufte, dann trug er seine schwere Last unter jämmerlichem Geächze weiter. Der Weg vom Stall bis zur Koppel war ihm noch nie so lang vorgekommen.

„Also, passt auf!“, sagte Ricky nach etwa einer Stunde. Die Spiele waren vorbereitet, die Pferde warmgeritten und die Freunde hatten sich um sie versammelt.

„Ich würde sagen, dass wir erst mal den Slalom üben. Ich glaube, wir müssen erst mal schauen, ob wir die Stangen überhaupt im richtigen Abstand gesetzt haben, oder ob wir sie nicht lieber noch weiter auseinanderstellen.“

„Soll ich mal einen Probegalopp machen?“, fragte Marc, und Lilian nickte.

„Ja, mach mal! Bin gespannt, ob du das hinkriegst.“

Marc grinste überlegen. „Mach ich doch mit links!“, meinte er, ehe er Sharazan in Richtung der Slalomstangen lenkte.

„Dann mal los!“, rief Ricky. „Aber du weißt ja, dass du keine Stange umreiten oder auslassen darfst. Sonst bist du disqualifiziert!“

„Okay. Sharazan, jetzt wird's ernst!“ Marc konzentrierte sich, dann ließ er seinen Rotfuchs angaloppieren und versuchte, ihn im Zickzack durch die Stangen zu lenken. Doch bereits beim dritten Pfosten streikte das Pferd und galoppierte einfach geradeaus weiter.

„Nein! Das gibt's ja wohl nicht!“ Marc kam lachend zu den anderen zurück. „Ich hätte nie gedacht, dass das so schwierig ist!“

„Ja, ja … das machst du mit links ... Typisch Mann!“, frotzelte Kathi.

„Mach's erst mal besser, Frau! Los! Du musst mindestens vier Pfähle schaffen!“, entgegnete Marc.

Kathi ritt los, doch Rashid hatte schon nach der ersten Kurve genug und blieb einfach stehen, als seine Reiterin ihn an der zweiten Stange vorbeilenken wollte. „Oh Mann! Quelle catastrophe!“, rief sie aus.

„Hat’s bei der Vollbremsung gerade dein Gehirn verschoben, oder warum redest du jetzt französisch?“, fragte Lilian lachend. „Jetzt versuche ich es. Aus dem Weg!“

Holli war gut. Immerhin schaffte er es, sechs Stangen relativ problemlos zu bewältigen. Bei der siebten aber blieb Lilian mit dem Steigbügel hängen und riss sie um.

Kathi rannte gleich hin und stellte den Pfosten wieder an Ort und Stelle.

„Und ich dachte immer, dein Holli ist durch seine Größe nicht so wendig“, sagte Marc anerkennend.

„Ich muss gestehen, dass ich das schon mal mit ihm gemacht habe. Rainer hat mir da so ein paar Tipps gegeben.“ Lilian zwinkerte Ricky zu. „Jetzt du! Zeig mal, was Diabolo so draufhat!“

„Vielleicht sollte ich lieber ohne ihn um die Dinger rumrennen“, lachte das Mädchen, dann galoppierte es Diabolo an.

Auch Ricky schaffte nur vier der zehn Stangen. Resigniert kam sie zurück. „Also mal ganz ehrlich: Solange wir das nicht schaffen, brauchen wir an das Turnier noch nicht mal denken! Das ist eins der einfachsten Spiele. Das schafft jedes Kind mit seinem Pony.“

„Ponys sind aber auch kleiner und wendiger“, warf Kathi ein.

Ricky schüttelte den Kopf. „Das mag schon sein, aber wir haben die Stecken extrem weit auseinander aufgestellt. Wir dürften damit eigentlich kein Problem haben.“

„Wir haben’s halt nicht drauf!“, schloss Marc nach unzähligen weiteren Versuchen.

„Ach komm. Bis zu dem Turnier ist ja noch eine Weile Zeit. Wir üben das jetzt einfach jeden Tag.“

Kathi stöhnte. „Hab ich euch eigentlich schon gesagt, dass ich so gerne zum Espensee reite?“

„Nichts da! Erst wenn jeder mindestens ein Mal diese Slalomstrecke fehlerfrei schafft, geht’s wieder ins Gelände!“, befahl Ricky.

Da konnte sich Marc nur noch mit dem Finger an die Stirn tippen. „Ich soll dir von Sharazan sagen, dass du nicht mehr alle Tassen im Schrank hast.“

„Das ist nichts Neues“, gab Ricky augenzwinkernd zurück. Dann deutete sie auf die anderen Utensilien, die sie auf die Koppel geschleppt hatten. „Habt ihr noch Lust, was anderes auszuprobieren?“

„Klar! Aber was Einfacheres“, flehte Kathi.

Also verteilte Ricky kurz darauf ein paar Luftschlangen. „Das ist jetzt wirklich nicht schwer. Man reitet zu zweit und hält eine Luftschlange einigermaßen gespannt zwischen sich. Man muss Hufschlagfiguren reiten, ohne dass die Luftschlange dabei reißt. Vielleicht reiten wir erst mal um die Koppel rum, dann nach Absprache einen Zirkel oder was auch immer.“

„Kathi, bei Fuß!“, ordnete Lilian an, ehe sie die Luftschlange entrollte und ihrer Freundin das andere Ende in die Hand drückte.

Ricky saß auf und spannte nun zwischen Marc und sich ebenfalls das dünne Papierband. „Okay, wir sind auch fertig. Erst mal schön im Schritt außen herum. Trab und Galopp kommen später.“

Rashid und Holli setzten sich in Bewegung. Im Schritt war das Ganze noch kein Problem. Im Trab sah die Sache allerdings ganz anders aus.

„Ups“, machte Lilian. Sie hatte nur eine winzig kleine,

unkontrollierte Handbewegung gemacht und das Papierband war sofort gerissen.

„Gewonnen!", rief Marc grinsend.

„Das war nur ein Testritt", verteidigte Kathi sich, entrollte eine neue Luftschlange, und weiter ging es kreuz und quer über die Koppel.

Beim ersten Galoppversuch waren Ricky und Marc schon nach dem dritten Schritt aus dem Rennen, weil sich Sharazan um eine Länge an Diabolo vorbeigeschoben hatte.

„Wir müssen unbedingt darauf achten, akkurat nebeneinander zu reiten. Sonst wird das nichts", betonte Ricky.

„Wenn wir das schon nicht auf gerader Strecke hinkriegen, wie soll das dann erst auf dem Zirkel funktionieren?", fragte sich Marc laut. „Ich kann euch nur eins sagen: Wenn Rainer und seine Westernfreunde bei diesem Turnier mitmachen, dann sehen wir allesamt ganz schön alt aus. Die haben's doch absolut drauf mit dem einhändigen Reiten."

„Wir haben ja keine Ahnung, ob die Spiele, die wir hier üben, überhaupt drankommen", stellte Kathi fest. „Vielleicht haben die sich was ganz anderes ausgedacht."

„Aber wenn wir in diesen Sachen hier fit sind, könnten wir sie als Vorschläge an den Resch schicken, in der Hoffnung, dass sie drankommen. Dann würden wir vielleicht doch noch eine ganz gute Figur machen", gab Lilian zurück.

„Also, eins weiß ich ganz genau." Marc blickte in die Runde. „Wenn ich nicht spätestens in zwei Wochen eine deutliche Leistungsverbesserung sehe, melde ich mich mit Sicherheit nicht bei diesem Turnier an."

Ricky lachte ihn aus. „Feigling! Das ist doch gerade das Schöne an Spaßturnieren. Es muss nicht perfekt sein. Spaßturnier! Hast du verstanden? Spaß!"

„Ja, schon klar! Aber dann frage ich mich, warum wir hier so einen Stress veranstalten."

„Stress? Wieso?“

„Ich finde das einfach nur klasse!“

„Und ich lach mich kringelig bei dem ganzen Mist.“

Die Mädchen schauten sich an und mussten lachen.

„Oh Mann, ich habe noch nie erlebt, dass Frauen sich so oft einig sind.“

„Da siehst du es mal wieder. Wir räumen alle Vorurteile aus.“

„Aber an Vorurteilen ist ja auch meistens was dran ...“

„Reiten wir jetzt endlich weiter?“, fragte Lilian. Mit einem Blick in die Plastiktüte, die auf dem Boden lag, fügte sie hinzu: „Luftschlangen sind übrigens alle.“

„Schon? Das ging aber schnell. Ich hab zu Hause noch welche.“ Ricky schaute auf die Stühle. „Wir könnten jetzt ein lustiges Wasserspiel machen.“ Sie wandte sich an Marc. „Du wirst begeistert und am Ende klatschnass sein!“ Sie prustete los, wobei Diabolo erschrocken zusammenfuhr.

„Och nein, womit hab ich das verdient?“, sagte Marc leicht genervt, doch dann ergab er sich in sein Schicksal. „Also gut. Lass hören, welche Folter du mir jetzt auferlegst!“

Micha hatte sich noch einmal in die Samstagszeitung vertieft, in der Hoffnung, vielleicht irgendeine Pferdeanzeige überlesen zu haben. „Da steht wirklich nichts drin!“, sagte sie nach einer Weile bedrückt. „Außer diesen bescheuerten Händlern!“

„Mach dir nichts draus! Ich bin mir sicher, dass das richtige Pferd schon irgendwo auf dich wartet“, meinte Manuela tröstend. „Ich habe übrigens das Adressbuch rausgesucht. Wenn du möchtest, kannst du Bine anrufen. Sie freut sich bestimmt sehr, wenn du dich nach so langer Zeit mal wieder bei ihr meldest.“

Michas Gesicht hellte sich ein wenig auf. „Das ist doch mal eine gute Nachricht! Natürlich nicht so gut, wie eine Pferdeverkaufsanzeige, aber immerhin.“ Sie grinste und schnappte sich das Telefon. „Wo ist die Nummer, hast du gesagt?“

Manuela lief in die Küche und kam gleich darauf mit einem kleinen Zettel wieder zurück.

„Danke!“ Micha rannte davon.

Eigentlich war es schon ein komisches Gefühl, Bine anzurufen. Einerseits kam sie sich irgendwie doof dabei vor, weil sie so lange schon nichts mehr voneinander gehört hatten, andererseits brannte sie darauf, ihrer Cousine zu erzählen, dass sie nun auch bald stolze Pferdebesitzerin sein würde – vorausgesetzt natürlich, dass irgendjemand ein Pferd anbieten würde, das zu ihr passte.

Im Augenblick sieht es ja nicht gerade danach aus, dachte Micha, während sie die Nummer wählte. Etwas nervös wartete sie darauf, dass jemand ranging.

„Klawitter“, meldete sich Michas Tante nach mehrmaligem Klingeln.

„Hi, Tante Katja! Hier ist Micha.“

„Micha? Hallo! Wie geht's dir? Ihr habt lange nichts mehr von euch hören lassen! Was machen deine Eltern? Alles klar bei euch?“ Katja Klawitter freute sich wirklich, ihre Nichte zu hören.

Das Mädchen lachte. „Ihr habt euch ja genauso wenig gemeldet. Mummy und Papa geht's prima, und mir sowieso.“

„Du hattest doch gestern Geburtstag, nicht wahr? Alles, alles Gute noch nachträglich! Ich hab's mal wieder total verschwitzt.“

„Danke! Macht doch nichts. Sag mal, könnte ich bitte mit Bine sprechen? Es ist total wichtig.“

„Leider nein. Sie ist beim Reiten. Ich weiß auch gar nicht, wann sie zurückkommt."

„Oh, schade."

„Möchtest du ihre Handynummer?"

„Ja, das wäre klasse! Warte, ich muss schnell was zu Schreiben suchen … Jetzt kannst du loslegen!" Micha schrieb eifrig die Nummer mit, die ihre Tante diktierte.

„Vielen Dank, Tante Katja! Ich soll dich übrigens noch ganz lieb von Mummy grüßen. Sie hatte eure neue Adresse verlegt, aber ich denke, dass sie dich demnächst mal anrufen wird."

„Prima! Dann sag herzliche Grüße zurück, und falls du meine Tochter auf dem Handy erreichst, richte ihr doch bitte aus, dass sie bis spätestens acht Uhr zu Hause sein soll."

„Ja, mach ich. Tschüss!" Micha verkniff sich das Lachen und hoffte, dass sie diesen Auftrag vor lauter Aufregung nicht vergessen würde.

Kapitel 4

Bines Handy klingelte, als sie Rondo gerade auf die Weide gebracht hatte.

„Mensch, ich freu mich, deine Stimme zu hören! Was gibt's Neues?“ Bine war ganz aus dem Häuschen. Sie mochte ihre Cousine wirklich gern.

„Du hast zum Geburtstag einen Gutschein für ein Pferd bekommen? Wahnsinn! Super! Ach, übrigens, herzlichen Glückwunsch noch!“ Bine und Micha mussten beide lachen.

Dann klagte die zukünftige Pferdebesitzerin ihrer Cousine ihr Leid. „Sonst waren immer massenweise Pferdeangebote in der Zeitung. Und jetzt? Absolut tote Hose! Nichts drin! Weißt du, wie frustrierend das ist?“, jammerte Micha.

Bine konnte sie gut verstehen. „Na ja, die können ja nicht alle wissen, dass du gerade jetzt ein Pferd suchst“, versuchte sie, einen kleinen Witz zu machen. Doch Micha nahm ihn gar nicht wahr.

„Bine, du kennst doch so viele Pferdeleute. Ist da nicht einer drunter, der was verkauft? Ich meine, natürlich will ich mir verschiedene Pferde anschauen, ehe ich mich entscheide, aber dazu muss ich ja erst mal die Gelegenheit bekommen.“

Bine dachte scharf nach. „Nein, im Augenblick … oder halt! Warte!“ Sie erinnerte sich auf einmal an Caroletta.

„Also pass mal auf. Ich habe Rondo gerade auf einem Gnadenhof stehen. Das heißt, morgen kommt er in einen anderen Stall, aber egal. Jedenfalls wird hier eine ganz süße Schwarzwälderstute verkauft. Sie ist total hübsch, lieb, super zu reiten und auch noch gar nicht so alt, wenn ich richtig informiert bin. Sheila würde dir sicherlich gefallen!" Insgeheim hoffte Bine, dass Clarissa ihr das verzeihen würde. Bestimmt hoffte Clarissa darauf, dass so lange wie möglich kein neuer Besitzer für Sheila gefunden werden würde. Andererseits, wenn das Tier in Michas Hände kommen würde, dann würde es ihm ganz sicher gut gehen. Micha konnte einfach wundervoll mit Pferden umgehen.

„Was? Sag das noch mal! Bei euch wird wirklich eine Schwarzwälderstute verkauft? Erzähl mir mehr von ihr! Und wie heißen der Gnadenhof und der Besitzer von dieser Sheila?" Micha war ganz aufgeregt. Das, was Bine erzählt hatte, klang wirklich vielversprechend.

„Da gibt's eigentlich nicht mehr zu erzählen. Das Beste wäre, du würdest Caroletta anrufen und dir das Pferd mal anschauen und Probe reiten. Ich habe auch keine Ahnung, was es kosten soll. Das müsstest du selbst klären", meinte Bine.

„Ja klar! Du, ich muss mit meinen Eltern drüber sprechen. Ich rufe dich heute Abend noch mal an. Dann könntest du mir ja die Adresse geben, oder?"

„Natürlich. Also dann, bis später!"

„He, halt … Bine? Du sollst … oh wie dumm!"

Bine hatte aufgelegt, bevor Micha ihr die Nachricht von Katja ausrichten konnte. Allzu lange hatte sie deswegen aber kein schlechtes Gewissen. In einem Affenzahn stürmte sie zu ihren Eltern und überfiel sie geradezu mit der Neuigkeit.

„Schöne Grüße von Tante Katja und Bine. Ich könnte eine Stute haben, die dort auf einem Gnadenhof steht. Ein Schwarzwälder und total lieb, hat Bine gesagt. Aber keine Ahnung wie teuer. Können wir hinfahren und sie uns ansehen? Bitte!", platzte sie in einem etwas wirren Wortschwall heraus.

Peter lachte schallend. „Das Ganze jetzt bitte noch einmal langsam. Bis jetzt habe ich nur Bahnhof, beziehungsweise Gnadenhof verstanden."

„Also gut." Micha versuchte, ihre Gedanken zu ordnen und schaffte es letztendlich, das Gespräch mit ihrer Cousine fast wortgetreu wiederzugeben.

„Jetzt lass dir erst mal die Adresse geben, dann sehen wir, wie weit das von hier weg ist", meinte Manuela.

„Also ihr sagt nicht von vornherein Nein?"

„Nein!", schallte es von ihren Eltern zurück.

Micha schaute etwas irritiert. „Wie jetzt?"

„Wir sagen nicht von vornherein Nein."

„Ah!" Micha grinste. „Danke!" Dann düste sie wieder ab. Sie musste sich jetzt einfach in ihr Zimmer setzen, ein Pferdelexikon zur Hand nehmen und die Seite mit den Schwarzwäldern studieren. Dann würde sie sich überlegen, ob sie sich vorstellen könnte, ein solches Tier zu besitzen.

„Blöde Frage", schalt sie sich selbst. „Natürlich könnte ich das!"

Caroletta hatte gerade Dr. Hofer verabschiedet und atmete nun erleichtert auf.

Der Tierarzt hatte Jam noch einmal untersucht und ihr versichert, dass das Pferd bald wieder auf den Beinen sein würde. Man müsste sich keine ernsthaften Sorgen über seinen Zustand machen. Und das war für Caroletta natürlich die Hauptsache.

Dankbar schaute sie dem verschwindenden Auto des Arztes nach und bemerkte dann Bine, die im Dauerlauf von der Koppel zurückkam.

„Was ist mit Jam?“, fragte Bine atemlos, als sie neben Caroletta stand.

„Alles okay! Hey … vielen Dank für das wunderbare Geschenk. Du warst vorhin leider schon weg, als ich es gesehen habe. Es ist traumhaft, aber das war doch nicht nötig“, sagte Caroletta.

Doch Bine lächelte nur. „Hauptsache, es gefällt dir. Das freut mich total! Es ist nur ein kleines Dankeschön. Ohne dich wären wir beide, also Karel und ich, mit unseren Pferden ganz schön aufgeschmissen gewesen.“

„Na ja, das war ganz selbstverständlich. Aber sag mal, konntest du heute Morgen noch mit Clarissa sprechen? Du weißt schon …“

Bine schüttelte den Kopf. „Leider nicht. Sie war schon über alle Berge, als ich nach draußen kam. Ich wollte sie heute Abend mal anrufen.“

„Gute Idee, Bine, mach das! Ich hoffe, dass sie sich bald wieder fängt. Wenn sie das nächste Mal hier ist, will ich versuchen, ihr alles zu erklären.“ Caroletta bekam wieder so einen abwesenden Gesichtsausdruck, doch gleich darauf war sie wieder die alte.

Bine schaute sie an und fragte sich, ob sie ihr von Micha erzählen sollte. Doch dann entschied sie sich dafür, erst noch mal genauer über Sheila zu sprechen. „Du willst Sheila also tatsächlich verkaufen?“

Caroletta nickte. „Ja, aber nur, wenn ich jemanden finde, bei dem sie mehr als nur gut aufgehoben ist.“

„Und was hast du dir da vorgestellt? Also, ich meine, wie viel soll Sheila kosten?“

Caroletta zuckte mit den Schultern. „Darüber habe ich mir ehrlich gesagt noch keine Gedanken gemacht. Ich denke, ich werde frei nach dem Motto ‚Platz vor Preis‘ entscheiden. Es ist mir wichtiger, dass sie in gute Hände kommt, als dass ich ein paar Euro mehr in der Tasche habe – wobei ich die natürlich auch gut für die Ranch brauchen könnte“, fügte sie ehrlicherweise hinzu.

„Verstehe.“ Bine presste die Lippen aufeinander. Schließlich sagte sie: „Also, ich wüsste da vielleicht jemanden.“

Caroletta zuckte zusammen. Dass es mit Sheilas Verkauf so schnell gehen könnte, hatte sie nicht bedacht. „Wen?“

„Nun, meine Cousine Micha ist gestern fünfzehn geworden und sie darf sich ein Pferd kaufen. Sie ist natürlich auf der Suche nach einem, das zu ihr passt. Ich habe ihr von Sheila erzählt, weil ich das heute Morgen mitbekommen habe. Micha war begeistert. Sie wollte gleich deine Adresse. Aber vorher muss sie natürlich noch mit ihren Eltern darüber reden. Sie würde dann vielleicht mal hierher kommen und sich Sheila anschauen. Wäre das okay für dich?“ So, jetzt war es heraus.

„Was ist deine Cousine für ein Mensch?“, wollte Caroletta jetzt wissen.

„Sie ist eine total Nette, und sie liebt Pferde über alles“, begann Bine mit einem Redeschwall.

Doch Caroletta unterbrach sie. „Lass uns ins Haus gehen, dann kannst du mir mehr von ihr erzählen. Schließlich möchte ich mir ein Bild von dem Mädchen machen, damit ich weiß, ob sie wirklich zu Sheila passen könnte.“

Gemeinsam liefen sie über den Hof, und Bine ertappte sich bei dem Gedanken, dass sie es absolut klasse finden würde, wenn Micha Sheila kaufen würde.

„Och nee, das ist nicht dein Ernst, oder? Mir bleibt heute aber auch wirklich nichts erspart!“ Marc kam aus dem Stöhnen gar nicht mehr heraus.

„Sag mal, kannst du eigentlich auch was anderes, außer nur zu jammern?“, fragte Ricky. „Also noch mal. Die Stühle werden in großem Abstand zueinander aufgestellt. Auf den hintersten kommt der Wassereimer, da wird der Apfel hineingelegt. Start ist vorne, beim ersten Stuhl. Man galoppiert zu dem zweiten, reitet um ihn herum, zum letzten hin, steigt ab, holt tief Luft und taucht mit dem Gesicht in den Eimer. Man muss den Apfel nur mit dem Mund herausholen, danach wieder aufsteigen und ab die Post, zurück zum Ausgangspunkt. Da geht’s dann mit dem nächsten Reiter weiter, wie bei einem Staffellauf. Wenn der zweite mit dem Parcours durch ist, kommt der dritte, und so weiter.“

„Cooles Spiel!“ Lilian war hellauf begeistert.

„Und wenn man das Ganze dann noch ein wenig schwerer machen möchte, kann man ohne Sattel reiten!“

„Oje, das wär nichts für mich!“ Kathi schüttelte den Kopf. Erstens war sie etwas pummelig, und zweitens gehörte Rashid auch nicht gerade zu den kleinsten Pferden.

„Also, ehrlich gesagt, würde ich dieses Spiel lieber erst morgen ausprobieren. Was hast du denn sonst noch anzubieten?“, fragte Marc, während er immer noch den Wassereimer skeptisch anschaute.

„Hm, also da wäre noch das Eierlaufreiten. Entspricht dem normalen Eierlauf, wie wir ihn von asbach-uralten Kindergeburtstagen her kennen. Nur das Ganze eben zu Pferd, und anstatt mit einem Ei mit einem Tischtennisball, der mit Wasser gefüllt wird, damit er nicht gleich beim leisesten Luftzug vom Löffel fliegt.“

„Na, das ist doch was! Dabei wird man wenigstens nicht nass! Gib mal so ein Ding her!“ Marc streckte die Hand aus.

„Warte, ich muss den Ball erst präparieren!“ Ricky zog ein Taschenmesser heraus und bohrte in einen der Tischtennisbälle ein kleines Loch. Dann hielt sie ihn in einen der

Wassereimer, bis keine Luftblasen mehr an die Wasseroberfläche blubberten.

„So, fertig! Dann versuch mal dein Glück. Einmal bis zum Stuhl und zurück, und wenn du ganz gut bist, dann noch im Slalom durch die Stangen!"

„Ha ha! Wie denn, wenn ich das noch nicht mal ohne Pseudo-Ei schaffe?" Marc ließ sich den Ball auf den Löffel legen, dann ritt er Sharazan langsam an.

„Etwas schneller, bitte!", rief Lilian fröhlich. „In diesem Tempo überholt dich jede Ameise!"

„Go, Marc, go! Go, Marc, go!", begannen Kathi und Ricky wie auf Kommando gemeinsam mit ihren Anfeuerungsrufen für den Jungen, die ihn noch nervöser machten.

„Ihr macht mich total kirre!", rief er, und schon hätte es Rührei gegeben, wenn er ein echtes Hühnerei auf dem Löffel gehabt hätte.

Die Mädels bekamen einen Lachanfall. „Los, noch mal! Das gibt's doch nicht, dass man noch nicht mal eine so kurze Strecke schafft!"

„He, komm noch mal zurück!", schrie ihm Lilian zu. „Ich reite mit! Mal sehen, wer gewinnt!"

„Na warte! Du hast absolut keine Chance!", spuckte Marc große Töne, während Ricky einen zweiten Ball mit Wasser füllte.

„Und wenn ihr zurück seid, sind wir dran, oder, Kathi?"

„Klar! Hey, Leute, wollt ihr sehen, wie eine echte Verliererin aussieht? Here I am!", gröhlte sie übermütig.

„Dein Selbstvertrauen ist heute ja mal wieder grenzenlos. Lilian, ich bin fertig." Ricky übergab Lilian einen Löffel mit Ball, dann waren Holli und Sharazan startklar, und Ricky rief: „Auf die Plätze, fertig, los!"

„Oh, oh … das ist ja wirklich schwierig." Lilian biss sich vor Anspannung auf die Lippen und hielt Holli in ruhigem

Schritt, während Marc es nun wirklich wissen wollte und Sharazan antrabte. Wackelig balancierte er seinen Eierball durch die Gegend, doch als Sharazan auf einmal mit dem Kopf schlug, um ein paar Fliegen zu verscheuchen, war es mit der Hoffnung auf den Sieg auch schon vorbei. „Wie gemein!“, sagte er lachend und versuchte nun, Lilian ebenfalls zum Lachen zu bringen. Doch das Mädchen schaffte es trotzdem, den Ball ins Ziel zu bringen.

„And the winner is Lilian!“, trötete Ricky, dann stieg auch sie rasch in Diabolos Sattel. „So, her mit den Eiern! Kathi, können wir?“

Rashids Reiterin nickte, und Marc zählte genüsslich: „Eins – zwei – drei – los!“

„Oje, oje, oje … das geht schief“, jammerte Kathi und fuchtelte schon auf den ersten paar Metern unkontrolliert mit ihrem Löffel herum, während Ricky noch ganz gut im Rennen lag.

Ricky hatte den Vorteil, dass Diabolo einen Schritt hatte, der sie schon immer mehr an einen Schaukelstuhl als an ein Pferd erinnert hatte. Er war so bequem zu sitzen, und Ricky wackelte kaum im Sattel. „Ich weiß gar nicht, was ihr habt! Das ist doch wirklich ei...ei...ei...ei … doch nicht so einfach“, sagte sie prustend vor Lachen, als der Ball zwischen die Beine ihres Rappen kullerte.

„He, was macht ihr denn? Euer Geschrei hört man ja schon kilometerweit.“ Rainer saß lässig im Westernsattel seiner Paintstute Cherish, und es sah so aus, als hätte er schon eine ganze Weile vom Eingang der Koppel aus unbemerkt zugeschaut.

„Rainer!“ Lilians Augen begannen gleich zu strahlen, und schnell ließ sie Holli zu ihrem Freund hinübertraben. „Wie lange bist du denn schon hier?“, fragte sie überrascht. Sie freute sich sehr ihn zu sehen.

„Ihr wart so in eure Arbeit vertieft“, sagte er und lachte. „Übt ihr etwa für das Spaßturnier?“

„Du hast also auch so einen Wisch bekommen?“

Rainer nickte. „Klar! Und? Klappt's?“, wollte er mit interessiertem Blick auf Ricky und Kathi wissen, die ihr Glück noch einmal versuchten.

„Also, ehrlich gesagt, ich glaube, wir sind ziemlich untalentiert“, gab Lilian ohne zu zögern zu.

„Das ist wirklich nur Übungssache. Das Slalomreiten ist zum Beispiel gar nicht so schwierig, wie es scheint.“ Rainer ritt mit Cherish langsam auf die Kunststoffpfähle zu und lenkte ihn in gemütlichem Schritt einhändig durch die Stangen. Dann ritt er eine Volte und kam im Trab die gleiche Strecke zurück.

„Und wie sieht's mit Galopp aus?“, wollte Marc wissen.

„Kein Problem!“, gab Rainer zurück.

„Dann mach doch mal!“

„Ach, ich möchte euch ja nicht deprimieren.“ Lilians Freund grinste breit.

„Mich schockt heute nichts mehr. Los! Ich will einen Galopp sehen!“

Rainer zuckte mit den Schultern, ließ Cherish aus dem Stand heraus angaloppieren und schlängelte sich mit Bravour und absoluter Rekordzeit durch die Stangen.

„Wow. Das war wirklich klasse!“ Ricky nickte ihm anerkennend zu.

„Ha, das liegt sicher nur am Pferd“, unkte Marc, und Rainer stieg sofort ab.

„Komm, lass uns einen kurzen Pferdetausch machen!“, schlug er vor. „Du reitest Cherish, und ich versuche, mit Sharazan durchzukommen.“

„Das ist ein Wort!“ Marc schwang sich aus dem Sattel und ging zu Cherish. „Mylady, enttäuschen Sie mich nicht!“

„Marc ist heute etwas komisch drauf, findest du nicht?“, fragte Kathi in diesem Moment Ricky, die nur abwinkte.

„Wenn’s nicht schlimmer kommt, dann kann ich damit leben“, meinte sie und schaute nun gespannt zu den beiden Reitern hinüber. „Jetzt wird’s interessant! Ich bin echt neugierig, ob das klappt!“

„Okay, wer zuerst?“, rief Rainer aus, und Marc deutete auf Cherish unter sich. „Ladies first!“, rief er und lenkte die kleine Paintstute im Schritt zwischen den Pfosten hindurch.

„Das war doch gar nicht so schlecht, oder?“, heischte er danach nach Lob.

„Super, im Schritt ...“, spöttelte Rainer. „Da läuft Cherish ja blind durch!“ Dann trieb er Sharazan an. Er ritt ihn zwar beidhändig, aber mit langen Zügeln und extremen Gewichtsverlagerungs-Hilfen. So schaffte auch der Rotfuchs die Strecke völlig problemlos.

Marc war verblüfft. „Mein Pferd fällt mir in den Rücken“, beklagte er sich. „Habt ihr das gesehen? Sharazan, du Untier! Wieso gehst du mit mir da nicht durch?“

„Und jetzt Trab!“, ordnete Rainer an, und wieder ritt Marc als Erster los. Viel zu hektisch arbeitete er mit den Zügeln, sodass er Cherish komplett durcheinanderbrachte. Doch weil sie ein gut ausgebildetes Westernpferd war, fühlte sie dennoch, was von ihr erwartet wurde – und so schaffte es Marc auch dieses Mal.

„Und den Galopp gleich hinterher!“, rief der Junge übermütig. Doch Cherish hatte anscheinend die Nüstern voll und streikte. Marc konnte machen, was er wollte: Sie blieb einfach wie ein sturer Esel stehen und bewegte sich keinen Schritt mehr.

Rainer lachte, bis er Tränen in den Augen hatte. Dann ließ er Sharazan antraben und schaffte locker auch diesen Durchgang.

„Er ist das nicht gewöhnt, und es wäre jetzt sinnlos, wenn ich ihn im Galopp da durchzwingen würde“, meinte Rainer danach. „Er hat genug und ich sollte jetzt besser aufhören. Er hat seine Sache sehr gut gemacht!“ Lobend klopfte er Sharazans Hals, dann sprang er aus dem Sattel.

„Na toll. Wenn du zu dem Spaßturnier kommst, haben wir keine Chance. Das hatte ich schon befürchtet!“ Ricky schaute auf die Uhr. „Wir sollten jetzt aufhören, oder was meint ihr? Morgen ist auch noch ein Tag, und bis wir das ganze Zeug hier wieder im Stall haben, vergeht auch noch eine Weile.“

Kathi ritt mit Rashid zu Ricky. „Du wolltest doch, dass ich dir Mathe erkläre“, erinnerte sie ihre Freundin, die die Augen verdrehte.

„Oh no! Das hatte ich ja komplett vergessen! So was Dummes!“

„Ja, ja, das Leben besteht leider nicht nur aus Reiten“, sagte Rainer mitfühlend.

„Du hast gut reden! Schließlich hast du die blöde Schule schon hinter dir.“

„Zum Glück!“ Rainer lächelte Lilian an. „Ich düse dann mal wieder los, vorausgesetzt Marc schafft es, mir mein Pferd zu bringen. Hey, Marc, willst du da drüben übernachten?“

Rickys Freund sah verzweifelt aus. „Es ist, als ob ich auf einem Holzklotz sitzen würde. Sie rührt sich keinen Millimeter von der Stelle“, beklagte er sich.

„Cherish!“, rief Rainer lachend und stieß einen leisen Pfiff aus.

Sofort flog der Kopf der Stute nach oben.

„Komm!“

... und Cherish kam in Windeseile, ohne auf ihren lästigen Reiter zu achten.

„Das Vieh ist mir unheimlich!“, sagte Marc grinsend, als er mit Rainer wieder die Pferde tauschte.

„Ach was. Sie ist einfach nur gut erzogen“, widersprach Lilians Freund, ehe er im leichten Sitz davongaloppierte.

Es war gegen vier Uhr nachmittags, als Karel endlich auf der Mercy-Ranch erschien. Bine hatte schon gar nicht mehr mit ihm gerechnet. Umso mehr freute sie sich nun, ihn doch noch zu sehen.

„Und? Wie ist es gelaufen? Seid ihr fertig?“, fragte sie neugierig.

Karel nickte. „Ja, alles paletti! Es ist alles für morgen vorbereitet“, erzählte er seiner Freundin begeistert. „Schließlich sollen sich unsere beiden Helden ja gleich heimisch fühlen, wenn sie in ihrem neuen Stall ankommen.“

Bine freute sich. Sie nahm Karel bei der Hand und zog ihn Richtung Stall. „Jam geht’s inzwischen wieder besser. Heute Morgen sah es noch gar nicht so gut aus, aber jetzt knabbert er sogar schon wieder ein bisschen am Heu herum.“

„Das ist gut. Der arme Kerl. Und was gibt’s sonst Neues? Irgendetwas, was ich vielleicht wissen müsste?“

Bine nickte. „Sheila soll verkauft werden und Clarissa ist total durch den Wind. Sie ist sofort nach Hause gefahren, als sie das gehört hat. Aber weißt du, was vielleicht ganz gut wäre? Meine Cousine darf sich ein Pferd kaufen, und da dachte ich, ich könnte Sheila vermitteln. Mal sehen, ob’s klappt!“

„Deine Cousine?“

„Ja. Ich glaube, sie und Sheila würden gut zueinander passen.“

„Besser als Clarissa und Sheila?“, fragte Karel nach kurzem Zögern.

Bine zuckte die Schultern. „Das ist jetzt aber eine echte Gewissensfrage ... Frag lieber was anderes."

Karel lächelte. „Okay. Hast du mich vermisst?"

Bine strahlte ihn an. „Das war eine gute Frage!" Als Antwort gab sie ihm einen sanften Kuss auf die Wange. „Deinen Starlight habe ich heute übrigens schon geputzt. Allerdings sieht man davon nicht mehr allzu viel, denn als ich ihn anschließend zu Rondo auf die Koppel gebracht habe, hat er sich sofort gewälzt und die ganze Pracht war dahin!"

„Ach ja, das ewige Drama mit den reinweißen Schimmeln", seufzte Karel. „Aber trotzdem, vielen Dank für deine Mühe. Eigentlich wollte ich jetzt ja noch reiten, aber ehrlich gesagt habe ich keine Lust, vorher noch stundenlang Grasflecken aus dem Fell zu bürsten. Warst du heute schon unterwegs?"

Bine nickte. „Ja, aber nicht so lange."

„Was hältst du davon, wenn wir schon mal mit der Stallarbeit anfangen? Sieht ja so aus, als müssten wir das heute alleine erledigen."

„Na, Quirin wird schon noch auftauchen. Wäre doch das erste Mal, dass er nicht auf die Ranch käme. Brigitta könnte auch noch kommen, obwohl … Seit Caroletta ihre Freundin Lina rausgeworfen hat, ist sie auch nicht mehr allzu oft hier."

„Stimmt. Wenn wir dann auch noch weg sind, wird's richtig leer hier. Hoffentlich kann Clarissa mit ihrem Kummer bald besser umgehen. Denn wenn sie auch nicht mehr hierher kommt, dann sieht's für Caroletta mit Stallhilfen wirklich schlecht aus. Sie muss dann wohl jemanden einstellen, sonst packt sie das nicht."

„Und wenn wir hier jetzt noch lange rumstehen und quasseln, sind wir ihr auch keine gute Hilfe. Lass uns endlich loslegen!"

Clarissa lag auf ihrem Bett und konnte nicht aufhören zu weinen. Nachdem sie überstürzt die Mercy-Ranch verlassen hatte, war sie kopflos durch die Gegend gefahren, war nahezu alle Wege entlanggeradelt, die sie mit Sheila jemals geritten war, und hatte mit Caroletta, Gott und der Welt gehadert.

Warum?, hatte sie sich immer und immer wieder gefragt. Warum muss ausgerechnet Sheila verkauft werden?

Endlich wieder zu Hause, hatte sie sich in ihr Zimmer verzogen und sämtliche Fotos vor sich ausgebreitet, die sie von ihrem vierbeinigen Liebling hatte.

Sheila auf der Koppel, Sheila im Stall, Sheila auf dem Reitplatz … Ein Bild hatte Clarissa schon immer besonders schön gefunden. Kathi hatte es erst vor etwa einem Monat aufgenommen, nachdem sie von einem gemeinsamen Ausritt zurückgekommen waren. Es war eine Nahaufnahme von Clarissa, die gerade strahlend Sheilas Hals umschlang.

Das Mädchen hätte das Bild sonst stundenlang anschauen können, weil die Stute darauf so besonders gut getroffen war. Auch in ihren, Clarissas, eigenen Augen war ein glückliches Strahlen. Heute aber konnte sie das Foto nicht ertragen. Ein weiterer Blick darauf würde ihr Herz zerreißen. Und so hatte sie es weit, weit weg, in die unterste Schublade ihres Schreibtisches verbannt. Nie wieder würde sie so glücklich sein, wie in diesem, auf Fotopapier gebannten Augenblick!

Leise öffnete sich die Zimmertür und Clarissas Mutter kam herein. „Möchtest du mir immer noch nicht sagen, was mit dir los ist?“, fragte sie sanft, während sie sich zu ihrer Tochter aufs Bett setzte.

Clarissa schüttelte ihren Kopf ohne aufzublicken.

Ihre Mutter schaute sich um. Überall lagen Fotos von Sheila herum, und so langsam ahnte sie etwas. „Was ist mit

Sheila?“, fragte sie leise, während sie Clarissa eine Hand auf den Rücken legte und ihre Tochter streichelte. Als das Mädchen noch klein gewesen war, hatte diese Berührung es stets trösten können.

Clarissa schluchzte auf, fuhr hoch und warf sich mit einem Mal in die Arme ihrer Mutter.

„So schlimm?“, fragte Andrea Veitner flüsternd.

„Ach, Mama, Sheila soll verkauft werden! Das … das ist so … so schrecklich! Ich überlebe das nicht! Das ist so gemein!“, stammelte Clarissa unter Tränen.

„Aber warum denn das?“

Das Mädchen zuckte schwach mit den Schultern. „Keine Ahnung!“

Andrea seufzte.

„Mama, sag, können wir Sheila nicht kaufen?“, fragte Clarissa mit einem kleinen Hoffnungsschimmer in ihren rot verweinten Augen. „Ich würde nach der Schule arbeiten gehen. Zeitungen austragen oder Supermarktregale auffüllen oder ... oder ... halt irgendetwas, um die Stallmiete bezahlen zu können.“

„Clarissa, das Geld, das du damit verdienen würdest, würde nie genügen, um ein Pferd zu unterhalten. Überleg doch selbst einmal, was du mir vor nicht allzu langer Zeit erzählt hast. Boxenmieten sind teuer, dann kommt das Futter hinzu, Impfungen, Tierarzt, Hufschmied und der Beitrag zu der ... wie heißt das? Tierseuchenkasse oder so ähnlich? Das kostet alles so viel. Und schließlich müsste man ja auch erst mal das Geld für den Kauf haben.“ Sie machte eine kleine Pause, ehe sie weitersprach. „Und dass wir dieses Geld nicht haben, das weißt du doch selbst.“

Eine neue Tränenflut lief über Clarissas Gesicht.

„Es tut mir so leid, Kind“, sagte Andrea Veitner. „So gerne ich dir diesen Wunsch erfüllen würde – es geht nicht.“

Clarissa ließ sich auf ihr Bett fallen. „Das wäre mein größter Wunsch“, flüsterte sie erstickt und starrte durch einen Tränenschleier an die Decke. „Der größte und einzige Wunsch in meinem Leben!“

„Ich weiß.“

„Wenn Sheila nicht mehr da ist, dann …“

„Clarissa, ich weiß, dass das für dich wahrscheinlich blöd klingt, und dass du das jetzt gar nicht hören möchtest, aber … auch wenn Sheila verkauft wird, geht das Leben weiter. Irgendwann wirst du ein neues Pferd in dein Herz schließen und es genauso lieb gewinnen wie sie.“

„Nein, Mama! Ach, das verstehst du nicht!“ Clarissa drehte ihr Gesicht weg. Sie hatte nur noch das Bedürfnis, mit ihrem Kummer alleine zu sein. Es würde niemanden geben, der sie je über den Verlust von Sheila hinwegtrösten können würde – und nie wieder würde sie auch nur in die Nähe eines Pferdestalls gehen.

Kapitel 5

„Sag mal, warum hast du denn nicht schon früher mal gesagt, dass das Geld immer so knapp ist?“, fragte Eleonore, Gräfin von Hohenhausen und gute Freundin von Caroletta, am Telefon.

„Was hätte das gebracht? Du weißt doch, dass ich mich immer irgendwie durchbeiße.“

„Oh ja! Du beißt dich immer durch, egal, ob du dabei selbst auf der Strecke bleibst. So ist das schon, seit ich dich kenne. Aber wem hilfst du damit, wenn du dich kaputt machst? Schaff dir doch endlich eine feste Stallhilfe an!“

„Das ist finanziell im Augenblick nicht drin. Dadurch, dass es mit dem Reithallenbau ja nun nichts wird, hätte ich zwar ein paar Euro übrig, aber …“

Die Gräfin unterbrach ihre Freundin rigoros. „Jetzt hör mal genau zu! Ich finde dein Engagement für die Mercy-Ranch wirklich gut. Aber du solltest nicht immer versuchen, alles alleine zu schaffen! Schau, du hast noch einige freie Boxen in deiner Stallung, und so, wie ich dich kenne, ist es doch nur eine Frage der Zeit, bis geschundene Kreaturen in diesen Boxen wohnen werden. Wie willst du das alles dann noch schaffen? Deine jugendlichen Stallhelfer in allen Ehren, aber irgendwann werden die auch mal älter und haben vielleicht andere Interessen. Dann stehst du allein da! Außerdem bieten sie dir keine Sicherheit. Ich sehe das doch bei Gwendolyn! Meine Enkelin hat den Kopf voller Flausen.

Heute möchte sie dieses, morgen jenes … Nein, Caroletta, du wirst um einen fest angestellten Arbeiter nicht herumkommen."

Caroletta seufzte. Wie oft hatte sie sich schon mit diesem Thema auseinandergesetzt, es jedoch immer wieder weit von sich geschoben. Sie wusste, dass ihre Freundin recht hatte. Wenn sie selbst noch ein paar Jahre jünger wäre, dann würde es anders aussehen, aber so … Sie wollte sich einfach nicht mit dem Gedanken anfreunden, dass sie jeden Monat zusätzliche Ausgaben haben würde, um einen Arbeiter zu bezahlen.

„Also, pass mal auf! Ich habe da eine Idee." Die Gräfin überlegte noch einmal kurz. „Wie wäre es, wenn du dir einen Arbeiter suchst, und ich überweise dir eine Spende, die dessen Lohn für ein Jahr lang deckt? Wäre das nicht eine gute Lösung?"

Caroletta widersprach auf der Stelle. „Du willst mir eine Arbeitskraft finanzieren? Das lasse ich nicht zu!"

Die Gräfin kicherte. „Ich habe mich noch nie darum gekümmert, ob jemand irgendetwas zulässt oder nicht! Außerdem sagte ich, es ist eine Spende. Aber sie ist mit der Auflage verbunden, dass du auch wirklich jemanden einstellst. Ach ja, und bevor du jetzt wieder gleich die Krise bekommst, erinnere dich daran, dass Spenden ja schließlich steuerlich absetzbar sind. Ich bräuchte also eine Quittung."

„Du bist unmöglich!", gab sich Caroletta schließlich doch geschlagen.

„Ich weiß. Aber du bist auch nicht viel besser!"

Während Ricky mit Kathi über Mathe brütete und wieder einmal feststellte, dass sie dieses Fach wohl niemals richtig kapieren würde, telefonierte Micha noch einmal mit ihrer Cousine Bine, die ihr Carolettas Adresse durchgab.

„Hey, hast du E-Mail? Dann schicke ich dir gleich noch ein Foto von Sheila, wenn du möchtest“, bot Bine an.

Kurz darauf saß Micha wie gebannt vor ihrem Computer und wartete auf die Nachricht. Es schien ihr so, als ob sie schon seit Stunden wartete, ehe das erlösende „Sie haben Post!“ den Eingang der sehnlichst erwarteten Mail ankündigte.

Jetzt bin ich aber gespannt, dachte Micha und machte sich daran, die Datei zu laden. Mist! Blödes Modem! Das dauert wieder ewig! Bine hätte das Bild auch ein bisschen verkleinern können.

Minuten vergingen, in denen Micha schon zum hundertsten Mal versuchte, sich Sheila vorzustellen. Schließlich hatte ihre Cousine das Pferd ja genau beschrieben. Aber dass Araber nicht gleich Araber und somit Schwarzwälder auch nicht gleich Schwarzwälder ist, wurde Micha erst richtig klar, als sie das Bild endlich öffnen konnte.

Gebannt starrte sie auf einen herrlichen Araberschimmel und eine für die Rasse eher ungewöhnlich zierliche, wunderschöne Schwarzwälderstute. Die beiden Menschen, die auf dem Foto neben den Pferden in die Kamera lachten, nahm sie erst gar nicht wahr.

Das ist mein Freund Karel mit seinem Starlight, und das daneben sind Clarissa und Sheila. Clarissa ist eine Freundin von mir und hat Sheila schon lange als Pflegepferd. Sie reitet sie fast täglich, hatte Bine dazugeschrieben.

Sie sieht nett aus, dachte Micha mit einem kurzen Blick auf das Mädchen. Dann machte sie sich eine Ausschnittsvergrößerung von Sheila, die sie ausdruckte.

Endlich hielt sie ein Bild der zum Verkauf stehenden Schwarzwälderstute in den Händen, und Micha musste sich eingestehen, dass sie sich auf den ersten Blick in das Tier verliebt hatte. Sofort wählte sie noch mal Bines Nummer.

„Hey, die ist ja total süß! Und sie ist wirklich so toll im Umgang und super zu reiten, wie du gesagt hast? Mensch, zu doof, dass du nicht weißt, was sie kosten soll. Ich bin mir fast sicher, dass Papa nicht einfach den langen Weg auf diese Mercy-Ranch macht, wenn er den Preis für Sheila nicht vorher weiß."

„Ihr könnt ja einfach bei Caroletta anrufen. Da kann er ja fragen", erinnerte Bine ihr Cousine.

„Da hast du recht! Weißt du, dass ich mir jetzt schon vorstelle, wie es wäre, mit Sheila hier durch das Gelände zu reiten?"

„Das kann ich mir vorstellen! Ging mir damals bei Rondo nicht viel anders. Von dem Moment an, als ich ihn das erste Mal gesehen habe, bis zu dem Augenblick, als er dann tatsächlich bei mir im Stall stand, bin ich in Gedanken mindestens schon zehnmal auf ihm geritten, hab ihn geputzt und alles mögliche. Ich glaube, das ist normal", entgegnete Bine lachend.

„Okay, Bine, ich melde mich wieder bei dir, sobald ich Näheres weiß. Ich muss meinen Eltern jetzt unbedingt das Foto von Sheila zeigen! Bin gespannt, was sie zu ihr sagen."

„Klar", meinte Bine. „Ich wollte sowieso noch Clarissa anrufen."

„Oje", rutschte es Micha über die Lippen. „Sie ist doch bestimmt ziemlich traurig, dass ihr Pflegepferd verkauft wird, oder?"

„Sie ist deswegen am Boden zerstört. Ich wollte versuchen, sie wieder ein bisschen aufzubauen, falls das überhaupt möglich ist."

Micha schwieg für ein paar Sekunden. „Weißt du, dass ich jetzt ein richtig schlechtes Gewissen habe?", fragte sie leise.

„Das musst du nicht!", antwortete Bine. „Schau, Sheila

wird auf jeden Fall verkauft, ob nun an dich oder an jemand anderen. Da ist es doch gut, wenn du sie bekommst. Dann kann Clarissa auch sicher sein, dass es der Süßen gut geht. Und das, finde ich, ist ja schließlich die Hauptsache."

„Ja, das stimmt eigentlich. Und, Bine, du weißt, dass es ihr nirgendwo besser gehen würde als bei mir!"

„Ich weiß. Also dann, viel Glück für dich! Und sag liebe Grüße an Tante Manuela und Onkel Peter!", verabschiedete sich Bine herzlich. Sie hoffte für Micha, aber auch für Sheila, dass es mit dem Kauf klappen würde.

Ricky und die anderen erfuhren erst am nächsten Tag vom geplanten Verkauf Sheilas, als sich die ganze Clique nach der Schule am Fahrradständer traf.

„Seit wann weißt du das denn?", fragte Lilian. „Und bist du sicher, dass du dich nicht verhört hast?"

„Seit gestern. Clarissa ist regelrecht von der Mercy-Ranch geflüchtet."

„Kann ich mir vorstellen, dass sie daran ziemlich zu knabbern hat", sagte Kathi und nickte mitleidig, ehe sie sich suchend umschaute.

„Habt ihr sie heute eigentlich schon irgendwo gesehen?"

„Nein. Und ich habe gestern Abend noch bei ihr angerufen, aber sie wollte nicht mit mir sprechen. Ihre Mutter hat gesagt, dass sie sich in ihrem Zimmer eingeschlossen hätte und nicht ans Telefon gehen würde", wusste Bine zu berichten.

„Ich kann das echt verstehen!", bemerkte Kathi.

„Meint ihr, wir sollten sie heute Mittag mal besuchen?", fragte Marc nach kurzem Überlegen.

„Glaubst du, dass das eine gute Idee ist?", gab Ricky zu bedenken. „Ich glaube, dass ich in so einer Situation auch lieber alleine wäre, um damit klarzukommen."

Bine zuckte mit den Schultern. „Also, ich weiß nicht. So ähnlich dachte ich damals zwar auch, als Papa Rondo verkauft hat. Aber ehrlich gesagt war ich dann doch froh, als ich euch kennenlernte und mit euch darüber reden konnte."

„Also gut, dann treffen wir uns heute Mittag in der Stadt. Wir können Clarissa besuchen und anschließend noch mit den Rädern zur Mercy-Ranch rausfahren. Zum Reiten wird es heute dann vermutlich zu spät werden, aber unsere Pferde werden sich über einen Koppeltag freuen", meinte Ricky.

„Und ich komme damit um dieses Wassereimer-Apfel-Spiel herum." Marc blinzelte seiner Freundin zu.

„Aha! Jetzt erkenne ich den wahren Sinn deiner Anteilnahme für Clarissa! Du willst dich vor dem Spiel drücken!"

„Quatsch! Aber es ist ein angenehmer Nebeneffekt."

„Du weißt schon, aufgeschoben ist nicht aufgehoben! Wenn du heute nicht dran glauben musst, dann eben morgen oder übermorgen oder …"

„Oder ich beschließe ganz einfach, dass ich bei diesem Spaßturnier nicht mitmache. So, wie es aussieht, haben da wohl die Zuschauer mehr Spaß als die Reiter!"

„Ich finde, dass diese Spiele total Laune machen, egal, ob man selbst reitet oder nur zuschaut. Ich freu mich jedenfalls drauf und hoffe, dass sich genug Reiter anmelden, damit es auch wirklich stattfindet", sagte Lilian überzeugt. Kathi und Ricky nickten zustimmend.

Bine schaute verblüfft von einem zum anderen. „Irgendwie verstehe ich im Augenblick nur Bahnhof! Von was redet ihr?"

„Vom Spaßturnier des Reitvereins. Hey, das erzählen wir dir heute Mittag, ja?"

Rasch verabschiedeten sich die Kids voneinander und beeilten sich, nach Hause zu kommen.

„Vielleicht könnten wir Clarissa dazu bewegen, ebenfalls

für das Turnier zu trainieren. Nur nicht mit Sheila, sondern eben mit einem anderen Pferd. Das wäre doch eine gute Ablenkung für sie, und sie könnte sich gleich an ein anderes Pferd gewöhnen", überlegte Lilian auf der Heimfahrt laut.

„Glaubst du wirklich, dass ihr jetzt der Kopf nach so was steht? Und davon einmal abgesehen, kann ich mir auch nicht vorstellen, dass sie sich, zumindest solange Sheila noch bei Caroletta steht, auch nur annähernd auf ein anderes Pferd einstellen wird. Das würde sie Sheila niemals antun", meinte Ricky.

„Kann sein, aber versuchen können wir es ja trotzdem."

„Und mit welchem Pferd soll sie trainieren? Schließlich war Sheila ja sozusagen das einzige Tier ohne Handycap auf der Mercy-Ranch. Die meisten Pferde sind schon sehr alt oder haben Gelenkprobleme. Für die wären die rasanten Wendungen das reinste Gift."

„Stimmt. Aber notfalls kann sie auch auf Holli üben. Ich finde, es ist das Wichtigste, dass Clarissa jetzt ein wenig abgelenkt wird."

Ricky lachte. „Marc hat doch eh keine Lust auf das Turnier. Vielleicht könnte sie ja Sharazan reiten. Ich muss ihn heute Mittag gleich mal danach fragen."

„Das wäre natürlich auch eine Möglichkeit." Lilian gluckste amüsiert. „Dein Romeo hat's einfach nicht drauf!"

Ricky wollte gerade etwas darauf antworten, als ihr Handy klingelte. Schnell legte sie mit ihrem Rad eine Vollbremsung hin und ging ran.

„Hey, hier ist Bine. Du, ich hab ja total vergessen, dass wir heute die Pferde in den neuen Stall bringen! Wir können also nicht mit zu Clarissa. Sorry, dass ich nicht gleich dran gedacht habe!"

Ricky nickte. „Ich hab mich schon gewundert. Okay, dann mal viel Spaß! Wir sehen uns!"

„Klar. Vielleicht kommen wir heute Abend noch mal zur Mercy-Ranch raus. Wir müssen ja schließlich noch das ganze Putzzeug abholen. Sagt Clarissa schöne Grüße, ja?"

„Alles klar! Dann bis später!", antwortete Ricky.

„Was wäre eigentlich, wenn die Freundschaft zwischen Karel und Bine mal in die Brüche ginge und sie Rondo bei ihm im Stall stehen hat? Wäre das nicht blöd?", überlegte Lilian laut.

„Das wäre sogar saublöd ... Aber so, wie's aussieht, haben sich die beiden gesucht und gefunden. Ich finde, die passen gut zusammen", meinte Ricky, und Lilian musste lächeln.

„Du hast deine Meinung über Karel ganz schön geändert, nicht wahr?"

„Oh Mann, ja! Erinnere mich bloß nicht an meine Ausraster, die ich am Anfang wegen ihm hatte", stöhnte Ricky auf, dann trat sie kräftig in die Pedale, um den leichten Anstieg zu dem Hof ihrer Eltern zu bewältigen.

Clarissa hatte an diesem Morgen einfach nicht in die Schule gehen können. Die ganze Nacht über hatte sie wach gelegen und geweint, und als der Wecker um sechs Uhr schrill geklingelt hatte, war ihr richtig schlecht gewesen.

„Ich verstehe ja, dass dir das alles sehr nahe geht", sagte Andrea Veitner, als sie das Zimmer ihrer Tochter betrat, um nachzuschauen, warum sie nicht aufgestanden war. „Aber du kannst dich deswegen nicht so hängen lassen. Schule ist wichtig, das weißt du! Man kann nicht einfach schwänzen, bloß weil ein Pferd verkauft werden soll."

„Bloß ein Pferd? Es ist Sheila, Mama. Sheila!"

„Auch wenn es Sheila ist! Du gehst jetzt in die Schule!" Andreas Ton war streng.

„Aber mir ist schlecht! Du verstehst das einfach nicht! Ich pack' das heute nicht!"

„Doch, du packst das! Dir ist nur übel, weil sich deine Gedanken ausschließlich um das Pferd drehen. Die Schule lenkt dich bestimmt ab. Also steh jetzt bitte auf und zieh dich an! Ich möchte nicht, dass du zu spät kommst." Energisch zog Andrea die Bettdecke weg und verließ das Zimmer.

Clarissa hätte schreien können, aber sie hatte keine Wahl. Also zwang sie sich auf und machte sich mechanisch fertig.

Ohne sich von ihrer Mutter zu verabschieden, trottete sie danach an der Küche vorbei und verließ das Haus.

Als die Tür zufiel schaute Andrea aus dem Fenster und atmete tief durch. Sie verstand ihre Tochter, aber so konnte das nicht weitergehen.

Bis heute Mittag hat sie sich bestimmt wieder gefangen, dachte Andrea, während Clarissa mit ihrem Fahrrad auf die Straße bog und langsam Richtung Schule fuhr.

Tausend Gedanken schwirrten im Kopf des Mädchens herum. Als es schließlich das Schulgebäude vor sich sah, bog es, nach einem kurzen Moment des Zögerns, in eine Seitenstraße ab. Nein!, dachte Clarissa. Sie würde sich heute sowieso nicht konzentrieren können, und die Vorstellung, den ganzen Vormittag den mitleidigen Blicken ihrer Freunde ausgesetzt zu sein, ließ ihr schon wieder die Tränen in die Augen steigen.

„Caroletta darf Sheila nicht verkaufen", murmelte sie erstickt vor sich hin und fuhr ziellos durch die Gegend, in der Hoffnung, dass auf einmal eine gute Fee vor ihr stehen und ihr einen Wunsch gewähren würde …

„Lieber Gott", betete sie dann leise. „Ich weiß, dass es keine guten Feen gibt, aber wenn du irgendetwas machen kannst, damit Sheila auf der Ranch bleiben kann … Bitte! Bitte unternimm etwas!"

Micha konnte sich an diesem Vormittag kaum auf ihren Unterricht konzentrieren. Immer wieder schweiften ihre Gedanken ab zu Sheila und zu ihrem Vater, der ihr versprochen hatte, noch am Morgen bei dieser Caroletta Koszy anzurufen.

„Das ist wirklich ein nettes Pferdchen“, hatte Peter gesagt, als er das Foto von Sheila gesehen hatte. „Aber bestimmt teuer“, hatte er hinzugefügt und Micha mit dieser Bemerkung einen Schrecken eingejagt.

„Wie viel darf mein Pferd denn kosten?“, hatte sie vorsichtig nachgehakt, doch Peter und Manuela hatten sich in Schweigen gehüllt.

„Über den Preis von Geschenken spricht man nicht“, war das Einzige, was Michas Vater noch von sich gegeben hatte, und nun hoffte sie inständig, dass sich Sheilas Preis in Grenzen halten würde.

Als Micha nach Hause kam, stürmte sie gleich in das Büro ihres Vaters. „Und? Hast du mit ihr gesprochen? Was sagt sie?“, sprudelte es aus ihr heraus.

„Hallo, Tochter. Wie wär’s mal mit Luftholen?“, entgegnete er lachend.

Schon an seinem Gesichtsausdruck konnte Micha erkennen, dass ihre Chancen auf Sheila nicht schlecht standen. Überglücklich fiel sie ihm um den Hals.

„Na, na, na … ich hab doch noch gar nichts gesagt!“, keuchte Peter und befreite sich aus der Umarmung seiner Tochter.

„Deine Augen sagen alles! Wann fahren wir auf diese Ranch?“

„Frag doch meine Augen“, witzelte Peter, doch dann wollte er Micha nicht länger auf die Folter spannen. „Wie wäre es mit morgen Nachmittag?“

„Ja!“ Micha machte vor Freude einen Luftsprung. „Oh

Mann, wie ich mich freue! Sag, wie ist Frau Koszy? Ist sie nett? Und … ich weiß, über den Preis von Geschenken spricht man nicht, aber was soll Sheila kosten? Mensch, ich glaube, ich werde verrückt! … Hab ich dir eigentlich schon gesagt, dass ich die besten Eltern der Welt habe? Und dass ich morgen ein Pferd anschauen werde?"

„Ach nee, wirklich?" Peter konnte gerade noch einen nassen Kuss abwehren, da war Micha schon wieder abgedampft, ohne die Antwort auf ihre Fragen abzuwarten.

Liebevoll schaute er ihr hinterher, und später sagte er dann zu seiner Frau: „Ich glaube, ich habe Micha nie so glücklich gesehen!"

Caroletta war angenehm überrascht gewesen, als Peter Schneider sie am Vormittag angerufen hatte. Er hatte einen äußerst sympathischen Eindruck gemacht. Wenn seine Tochter, für die das Pferd bestimmt war, auch nur halb so nett war, hatte Sheila wirklich gute Chancen, in beste Hände zu kommen. Allerdings wusste die Chefin der Mercy-Ranch aus Erfahrung, dass Freundlichkeit am Telefon nicht unbedingt einen liebevollen Pferdemenschen bedeutete. Sie würde sich mit ihrem Urteil über diese Familie Schneider auf jeden Fall Zeit lassen, bis sie sie persönlich kennenlernen würde. Am nächsten Tag wollten sie schon vorbeikommen.

„Nun ja, wir werden sehen", murmelte Caroletta vor sich hin und warf einen Blick durch das Fenster auf die Koppel, wo Sheila mit ihren Artgenossen friedlich graste.

Gedankenverloren verließ sie das Haus und stutzte. Da stand Clarissa, die Arme auf den Zaun gestützt, den Kopf in ihrer Armbeuge vergraben, während Sheila ihr in die Haare blies.

Langsam humpelte Caroletta auf ihre Krücke gestützt, die sie seit einem Unfall vor vielen Jahren zum Gehen benötigte, über den Hof der Mercy-Ranch. Sie blieb hinter Clarissa stehen, ohne dass das Mädchen sie bemerkte.

„Was machst du denn um diese Zeit hier auf der Ranch? Solltest du nicht in der Schule sein?“, fragte sie sanft.

Erschrocken fuhr Clarissa herum, woraufhin Sheila einen Satz zur Seite machte und davongaloppierte.

„Ich … ich …“, stotterte Clarissa, dann zuckte sie hilflos mit den Schultern. „Ich konnte einfach nicht zur Schule gehen. Ich hab immer nur an Sheila gedacht und daran, dass sie verkauft werden soll.“

„Hm.“

Clarissas Augen folgte ihrem Pflegepferd. „Ich wollte nie wieder hierherkommen ... nie wieder einen Pferdestall betreten. Der Gedanke daran, dass Sheila irgendwann weg ist und ich sie dann nie wiedersehe, macht mich fast wahnsinnig! Ach, Caroletta, bitte, bitte, verkauf sie nicht! Ich sterbe, wenn sie nicht mehr hier ist!“

Der Blick des Mädchens traf die Ranch-Chefin bis ins Mark.

„Ich weiß, dass das schwer für dich ist, Mädel. Komm doch mal mit und lass uns drüber reden, ja?“

Clarissa umklammerte die Koppelstange. „Darüber reden“, hatte Caroletta gesagt! Bedeutete das etwa, dass es doch noch eine kleine Chance gab, Sheila zu behalten?

Schließlich folgte Clarissa der Ranch-Chefin ins Haus. Niemals war ihr ein Weg schwerer gefallen als dieses kurze Stück, denn sie wusste nicht, was sie erwarten würde.

Andrea Veitner war sehr aufgeregt, als die Reiterfreunde ihrer Tochter vor der Tür standen, sich nach Clarissa erkundigten und sie besuchen wollten.

„Sie war nicht in der Schule? Oh Gott! Sie ist mittags auch nicht nach Hause gekommen! Sie hat heute Morgen gesagt, ihr sei schlecht, und jetzt … ach, hätte ich sie doch bloß zu Hause bleiben lassen …“ Die Frau schlug die Hände vor die Augen, während sich die Freunde erschrocken anschauten.

„Sie brauchte bestimmt nur etwas Zeit für sich“, versuchte Lilian, die sich als Erste wieder gefangen hatte, Clarissas Mutter zu beruhigen. Allerdings ohne Erfolg.

„Was mache ich bloß? Und alles nur wegen diesem Pferd!“ Andrea Veitners Nerven lagen blank.

„Vielleicht ist sie einfach nur durch die Gegend gefahren, hat gewartet, bis die Schule aus ist, und ist dann zu Bine gefahren. Sie ist schließlich ihre beste Freundin.“

„Als Bine gestern angerufen hat, wollte Clarissa nicht mal mit ihr reden! Sie wollte mit niemandem reden und hat sich eingeschlossen!“

„Oje“, machte Ricky und biss sich auf ihre Unterlippe. „Und wenn sie zur Mercy-Ranch gefahren ist?“, wagte sie eine neue Vermutung.

Andrea Veitner starrte Ricky an. „Darauf hätte ich eigentlich auch selbst kommen können! Das ist doch das Naheliegendste. Wie ist denn die Telefonnummer? Ich rufe auf der Stelle dort an!“

Marc nickte, zückte sein Handy und diktierte Clarissas Mutter die Nummer der Ranch. Angespannt warteten die Freunde darauf, was Caroletta sagen würde.

Schon wenige Minuten später erschien Frau Veitner wieder in der Tür. „Ihr hattet recht“, sagte sie. „Clarissa war tatsächlich auf der Ranch. Aber schon gegen zehn Uhr. Frau Koszy hatte anscheinend ein langes Gespräch mit ihr und hat versucht, ihr zu erklären, warum sie dieses Pferd verkauft. Danach ist Clarissa wohl ganz geknickt wieder weggefahren, natürlich ohne zu sagen, wohin.“

„Wenigstens wissen wir jetzt, dass alles okay ist“, wagte

Kathi zu sagen und erntete einen hilflosen Blick von Clarissas Mutter.

„Das hilft mir im Augenblick aber auch nicht weiter! Wo steckt sie jetzt bloß?"

Ricky deutete auf Marcs Handy.

„Ruf doch mal schnell bei Bine an. Vielleicht ist Clarissa ja mittlerweile dort aufgetaucht", bat sie ihren Freund.

Alle Blicke waren auf den Jungen gerichtet, als er wählte und angestrengt lauschte. „Hey, Bine, war oder ist Clarissa bei dir? … Nein? … So ein Mist! Sie ist verschwunden, und keiner weiß, wo sie steckt! Was? … Ja, wir hören uns später noch mal. Bye!" Langsam ließ Marc das Handy sinken.

„Und jetzt?" In Kathis Augen war jetzt Angst zu erkennen.

„Am liebsten würde ich die Polizei einschalten", meinte Clarissas Mutter.

„Frau Veitner, ich glaube, dass Clarissa sich einfach nur verkrochen hat und ein bisschen Ruhe haben möchte, um über die Sache mit Sheila hinwegzukommen", sagte Lilian beruhigend.

„Dein Wort in Gottes Ohr! Ich werde keine ruhige Minute haben, bis ich weiß, wo sie steckt!"

Ricky schaute in die Runde. „Was haltet ihr davon, wenn wir sie suchen? Schließlich haben wir alle geheime Lieblingsorte, wohin wir uns zurückziehen, wenn wir mies drauf sind. Vielleicht finden wir sie ..."

Marc nickte. „Gute Idee! Aber mit den Rädern kommen wir da nicht überall hin."

„Stimmt. Lasst uns also schnell nach Hause fahren und die Pferde satteln."

„Okay!"

Andrea Veitner nickte. „Danke!", brachte sie leise hervor.

„Und wenn ihr sie gefunden habt, dann gebt mir bitte gleich Bescheid!“

„Logo!“ Marc lächelte der Frau aufmunternd zu. „Sie sitzt bestimmt irgendwo und denkt gar nicht daran, dass Sie hier vor Angst fast vergehen.“

„Wir finden sie bestimmt!“, versuchte auch Ricky, Clarissas Mutter Mut zuzusprechen.

Lilian hatte in ihrer Hosentasche gewühlt und mit einem Bleistiftstummel, den sie dort herausgekramt hatte, etwas auf einen zerknitterten Fetzen Papier geschrieben. „Hier“, sagte sie und hielt Frau Veitner den Zettel hin. „Da steht meine Handynummer drauf. Sollte Clarissa in der Zwischenzeit nach Hause kommen, dann melden Sie sich bei uns!“

„Mach ich. Viel Glück! Und noch mal vielen Dank euch allen! Ihr seid wirklich sehr nett!“

„Keine Ursache, Frau Veitner. Ist doch klar, dass wir nach unserer Freundin suchen.“

Ohne Umschweife stiegen die Freunde auf ihre Räder und fuhren so schnell wie möglich in den Stall zurück. Sie würden ihre Pferde schnell abbürsten und losreiten.

Sie mussten Clarissa finden!

Kapitel 6

Bine und Karel waren gerade dabei, ihre Pferde in den Boxen zu satteln.

Es fühlte sich seltsam und irgendwie traurig an, dass sie nicht mehr hierher zurückkommen würden, außer natürlich zu Besuch. Aber sie freuten sich auch sehr darauf, in den neuen Stall zu ziehen. Es hatte halt alles seine Vor- und Nachteile.

Doch dass Clarissa verschwunden war, trübte Bines Freude. Zwar gab es bestimmt keinen Grund zur Sorge, Clarissa brauchte einfach nur etwas Zeit zum Nachdenken. Dennoch ertappte Bine sich immer wieder dabei, wie sie darüber nachdachte, wo sich ihre Freundin aufhalten könnte. Sie hatte mehrfach versucht, Clarissa auf dem Handy zu erreichen – aber vergebens.

„Na, ihr beiden, jetzt ist es also so weit", sagte Caroletta, die sich noch mit dicken Mohrrüben von den Pferden verabschieden wollte.

Karel nickte. „Ja. Caroletta, ich wollte mich noch einmal bei dir bedanken."

„Ich auch!", schloss sich Bine an. Sie hätte gerne noch mehr gesagt, aber sie spürte einen riesengroßen Kloß im Hals, der ihr das Weitersprechen fast unmöglich machte.

Sie fiel der Ranch-Chefin um den Hals. „Du wirst mir fehlen, und der Stall und all die Pferde auch!", brachte sie mit einer piepsigen Stimme dann doch noch hervor.

„Ihr werdet mir auch fehlen. Aber so, wie ich euch kenne, werdet ihr öfter hierherkommen, als ihr jetzt denkt.“ Caroletta fasste Bine an den Schultern und lächelte sie an. „Keine Angst. Ich bin mir sicher, dass wir uns bald wiedersehen werden.“

Karel grinste. „Klar! Spätestens heute Abend, wenn wir unsere Putzkörbe hier abholen.“

Die Ranch-Chefin nickte zustimmend, dann wurde sie ernst. „Du hast Clarissa noch nicht erreicht?“, fragte sie Bine, die stumm den Kopf schüttelte.

„Bitte haltet auf eurem Ritt nach ihr Ausschau. Falls ihr sie seht, sagt ihr bitte, dass sie sich unbedingt bei ihrer Mutter melden soll. Frau Veitner macht sich Sorgen!“

„Machen wir!“, versprach Bine. Dann schnappte sie sich Rondos Zügel und führte ihn aus der Box. „Bis später, Caroletta“, verabschiedete sie sich, und auch Karel winkte noch mal, ehe er seinen Starlight hinter Rondo her führte.

Vor dem Stall gurteten die zwei noch einmal nach, ehe sie sich in die Sättel schwangen und ihre Pferde in flottem Schritt aus dem Hof gehen ließen.

„Macht's gut, ihr zwei“, sagte Caroletta leise. „Und findet mir das Mädel!“ Sie hatte so ein schlechtes Gewissen, weil Clarissa sich Sheilas Verkauf so zu Herzen genommen hatte. Und nun war sie sogar verschwunden.

Noch einmal rief sie sich das Gespräch mit dem Mädchen in Erinnerung. Clarissa hatte sie geradezu angefleht, Sheila nicht zu verkaufen. Sie hatte überlegt, wie sie Geld verdienen könnte, um die Stute selbst zu kaufen. Aber das ging doch nicht! Schließlich konnte sie, Caroletta, keinen Pferdeverkauf mit einer Vierzehnjährigen abwickeln. Außerdem würde sich das Mädchen den Unterhalt für ein Pferd niemals leisten können – selbst dann nicht, wenn Caroletta ihr das Futter zum Einkaufspreis geben würde. Sie hatte Clarissas Hoffnung, Sheila zu bekommen, zerstören müssen, so leid ihr das auch getan hatte.

Die Ranch-Chefin atmete schwer, lief langsam zurück in den Stall und starrte Sheila nachdenklich an, während sie sich auf der kleinen Bank in der Stallgasse niederließ.

Eine ganze Weile saß sie einfach nur da und ertappte sich dabei, wie sie darüber nachdachte, ob es nicht doch noch eine andere Lösung gab.

Natürlich: Das Einfachste wäre, Sheila einfach nicht zu verkaufen – aber das würde ihrem Prinzip widersprechen. Sie hatte sich nun einmal vorgenommen, für manche Pferde gute Plätze zu finden, um damit für andere geschundene Kreaturen Platz zu schaffen, die dringend Hilfe brauchten.

„Sie wird drüber wegkommen", versuchte sich Caroletta einzureden, doch ihr Herz sagte ihr das Gegenteil. Dann dachte sie an den nächsten Tag, für den sich Bines Verwandtschaft angekündigt hatte, um Sheila anzuschauen.

Vielleicht war es ein Fehler, Clarissa das zu sagen, grübelte Caroletta. Andererseits dachte ich, dass ihr der Abschied von Sheila leichter fällt, wenn sie weiß, dass das Tier in gute Hände kommt. Aber anscheinend habe ich durch meine Offenheit alles nur noch schlimmer gemacht.

Caroletta seufzte laut. Sie konnte es drehen und wenden, wie sie wollte, Clarissa würde sich wohl damit abfinden müssen, dass Sheila verkauft werden würde.

Müde erhob sie sich und schob den Mistkarren vor Rondos Box.

Obwohl Bine und Karel heute noch einmal vorbeikommen wollten, um die Boxen auszuräumen, machte sich Caroletta selbst an die Arbeit. Sie musste sich einfach ablenken. Clarissas Traurigkeit und die Tatsache, dass das Mädchen einfach verschwunden war, machten ihr schwer zu schaffen.

Clarissa saß an einem abgelegenen Platz am Ufer des Espensees und starrte auf die Wasseroberfläche. Nachdem sie lange ziellos herumgefahren war, hatte sie spontan beschlossen, hierher zu kommen. Sie hatte ihr Fahrrad samt Schulrucksack achtlos ins Gebüsch geworfen und hockte nun schon seit Stunden zusammengekauert im Schatten eines Haselnussstrauchs. Nur ab und zu dehnte sie ihre verspannten Glieder, ehe sie dann wieder in ihre Starre verfiel.

Sie machte sich so viele Gedanken, die sie aufwühlten und ihrem schmerzenden Herzen keine Ruhe gönnten. Und fast jeder Augenblick, den sie mit Sheila verbracht hatte, kam ihr in Erinnerung.

Sie dachte daran zurück, wie alles begonnen hatte, erinnerte sich daran, dass sie Schwarzwälder schon immer besonders gemocht hatte und dass sie lange Zeit davon geträumt hatte, ein solches Pferd einmal zu besitzen oder wenigstens als Pflegepferd zu bekommen. Durch Zufall war sie zu Caroletta gekommen und hatte erst Rashid geritten, als Kathi sich noch von ihrem Reitunfall erholen musste. Später dann hatte Kathi den Falben wieder übernommen und sie selbst hatte ihr Glück kaum fassen können, als Caroletta ihr erlaubt hatte, sich künftig um ihr absolutes Traumpferd Sheila zu kümmern.

Clarissa putzte geräuschvoll ihre Nase und dachte daran, wie glücklich sie damals gewesen war.

Sheila war durch die schlechte Behandlung durch ihren Vorbesitzer menschenscheu und misstrauisch gewesen, sodass man anfangs ziemlich auf der Hut sein musste, um nicht von ihr gebissen oder getreten zu werden. Doch Caroletta und Clarissa hatten es in relativ kurzer Zeit geschafft, das Vertrauen des Pferdes zu gewinnen. Als der Bann gebrochen war, hatte sich Sheila jeden Tag ein Stückchen mehr zu einem braven Tier entwickelt.

Clarissa erinnerte sich weiter, während sie sich fragte, wie viele Tränen ein Mensch weinen konnte.

Die vielen schönen Ritte, die sie mit diesem Pferd an die herrlichsten Plätze in der nahen Umgebung unternommen hatte … hier, ganz in der Nähe des Ortes, wo sie gerade saß, war sie erst vor ein paar Tagen mit Sheila gewesen, hatte ihren wunderschönen Kopf gestreichelt und ihr geschworen, dass es nichts geben würde, was sie jemals trennen könnte … und nun …

Sie würde ihr Versprechen nicht halten können. Caroletta hatte ihrem Glück ein jähes Ende bereitet, und obwohl Clarissa tief in ihrem Innern wusste, dass es der Ranch-Chefin auch schwerfiel, sich von dem Pferd zu trennen, wusste sie gleichzeitig, dass sie Caroletta das niemals verzeihen würde. Niemals ...

Ricky und ihre Freunde hatten schon alle möglichen Orte abgesucht, Clarissa aber nicht gefunden.

„Irgendwo muss sie doch sein!“, sagte Lilian und ließ Holli anhalten. „Sie kann sich doch nicht einfach in Luft aufgelöst haben!“

„Vielleicht ist sie ja auch gar nicht draußen sondern hockt irgendwo in einem Zimmer und heult sich bei sonst wem die Augen aus“, spekulierte Marc.

„Bei wem sollte sie denn sein? Sie hat doch gar keine so großartigen Freundschaften. Wenn, dann hätte ich sie allerhöchstens bei Bine vermutet, aber die ist nicht zu Hause. Außerdem könnte ich mir vorstellen, dass Clarissa ziemlich sauer auf sie ist, weil Bine ihre Cousine als Käufer ins Spiel gebracht hat.“

„Weiß Clarissa das überhaupt?“

„Keine Ahnung! Aber es wäre doch gut möglich, oder nicht?“

Ricky schaute Kathi nachdenklich an. „Vielleicht hat Caroletta es ihr gesagt. Aber davon einmal abgesehen: Wenn ich an Clarissas Stelle wäre, dann würde ich mich wirklich irgendwohin verkrümeln, wo ich meine Ruhe hätte. Ich würde dort wahrscheinlich mit Gott und der Welt hadern und wäre froh, wenn mir keiner dabei zuschauen würde."

„Oh Mann, sie könnte wirklich überall und nirgends sein. Aber wenn wir hier noch lange rumstehen und diskutieren, werden wir sie mit Sicherheit nicht finden", meinte Marc.

Lilian und Ricky schauten sich an.

„Ich glaube, es wäre das Beste, wenn wir uns trennen", schlug Lilian vor. „Kathi und ich reiten durch den Wald zu diesem alten Schuppen, wo wir schon so oft Rast gemacht haben, wenn wir gemeinsam unterwegs waren. Vielleicht hat sich Clarissa ja dort verschanzt. Ihr beide könntet hier in der Gegend weitersuchen."

Ricky nickte. „Ja, das machen wir. Dann wünsche ich uns allen mal viel Glück!"

„Dito!"

Lilian und Kathi wendeten ihre Pferde und bogen gleich darauf auf einen Weg ein, der sie aus dem Wald herausführte.

Ricky und ihr Freund dagegen ritten geradeaus weiter.

„Das ist doch sinnlos", meinte Marc nach einer Weile. „Ich fühle regelrecht, dass sie nicht hier ist. Menschenskind, dass Mädels auch immer kopflos davonrennen müssen, wenn sie Probleme haben."

„Ich hab jetzt keine Lust, mich mit dir über dieses Thema zu streiten", meinte Ricky. „Aber wenn du dir so sicher bist, dass sie nicht hier ist, dann hast du ja vielleicht auch im Gefühl, wo sie sein könnte."

„Nee, leider nicht. Aber lass uns mal logisch weiblich denken, sofern man diese zwei Worte miteinander verbinden kann“, versuchte Marc einen Scherz zur Auflockerung, der allerdings nicht sonderlich gut bei Ricky ankam.

„Du bist echt doof“, zischte sie ihm zu, doch dann begann sie, zu überlegen. „Also noch einmal. Wenn ich Clarissa wäre, dann würde ich ... dann würde ich ...“

„Du würdest dich an den Espensee hocken und den Stechmücken dein Leid klagen!“, vollendete Marc spontan den Satz seiner Freundin, die ihn daraufhin groß anschaute.

„Stimmt!“, gab sie ihm recht. „Und ich wüsste auch ganz genau, an welcher Stelle ich mich niederlassen würde.“

„Und wo?“, fragte Marc nun interessiert.

„Denk doch mal logisch männlich“, konnte sich Ricky nun doch nicht verkneifen und trabte ihren Diabolo an. „Komm mit, ich zeig’s dir! Du warst, glaube ich, noch gar nicht dort. Es ist der schönste, ruhigste und abgeschiedenste Platz rund um den See. Dass ich da nicht früher drauf gekommen bin!“

Micha hatte zwei Reitershop-Kataloge vor sich liegen, die sie nun schon zum wiederholten Mal durchblätterte.

Wenn sie nun bald ein eigenes Pferd hätte, dann würde sie natürlich auch Sattel, Trense, Halfter und noch allen möglichen Kleinkram benötigen. Den Sattel würde sie sich jedenfalls nicht schicken lassen, sondern in einem Reitergeschäft in der Nähe kaufen, am besten sogar erst nach Anprobe, um sicher zu sein, dass er auch wirklich passte. Sie wollte sich aber schon mal darüber informieren, was es überhaupt für Angebote gab. Sie war ziemlich erstaunt darüber, wie viele Seiten mit Sätteln es in diesen Katalogen gab.

„Wahnsinn“, murmelte sie vor sich hin, dann blätterte sie weiter zu den Trensen und überlegte, welches Stirnband wohl am besten zu Sheila passen würde.

„Das mit den goldenen Rauten oder doch eher das geflochtene?“ Schließlich gab Micha auf. Sie würde Sheila erst einmal in natura sehen müssen, bevor sie das passende Zubehör auswählen würde.

Entschlossen klappte das Mädchen die Kataloge zu, verschränkte die Arme hinter dem Kopf, lehnte sich bequem in seinem riesengroßen, runden Korbsessel zurück und schloss die Augen.

Morgen, dachte Micha, während ihr Gesicht einen beseelten Ausdruck annahm. Morgen werde ich sie sehen! Sheila! Wow … Eigentlich kaum zu glauben! Ich werde ein eigenes Pferd haben! Ein eigenes Pferd! Und wenn alles gut geht, dann bin ich morgen Abend schon Pferdebesitzerin ... Automatisch langte sie nach Sheilas Foto, das auf dem Tischchen neben dem Sessel lag, und schaute es versonnen an. Sie würde dieses Pferd lieben!

Bine und Karel waren sogar einen Umweg geritten, um nach Clarissa Ausschau zu halten. Als sie sie nach eineinhalb Stunden immer noch nicht gefunden hatten, machten sie sich auf den Nachhauseweg. Schon bald darauf kam das Jägerhaus in Sicht.

„Willkommen zu Hause!“, sagte Karel, als er sich kurz darauf aus dem Sattel schwang.

„Ich kann's noch gar nicht glauben“, bemerkte Bine strahlend und führte Rondo hinter Starlight in den Stall.

Neugierig beäugten die Pferde ihre neue Unterkunft, und nachdem Karel und Bine sie abgesattelt und in ihre Boxen geführt hatten, stellten sich beide Tiere sofort an ihre gefüllten Raufen und begannen zu fressen, gerade so, als ob sie niemals woanders gelebt hätten.

„Ist das nicht herrlich?“, fragte Karel, während er seinen Arm um Bine legte. „Sie fressen, also fühlen sie sich wohl.“

Bine nickte stumm. Was für ein wundervoller Moment das doch war, mit dem Menschen, den sie liebte, hier zu stehen und zu wissen, dass sie sich hier mindestens genauso zu Hause fühlen würde wie Rondo und Starlight.

Still setzten sich Karel und Bine Hand in Hand in eine Ecke des Stalls und konnten sich an den zufrieden kauenden Pferden gar nicht sattsehen.

„Weißt du eigentlich, wie glücklich ich bin, dass du und Rondo hier seid?“, fragte Karel mit einem Mal, und Bine kuschelte sich näher an ihren Freund.

„Frag mich mal“, antwortete sie leise und schloss die Augen, um diesen Moment für immer in sich aufzunehmen.

Recht unsanft wurde sie jedoch aus dieser Glückseligkeit gerissen, als ihr Handy die traute Zweisamkeit störte.

„Och nee, wie gemein!“, sagte Bine grinsend, doch dann wurde sie schnell ernst. „Das ist Clarissa!“

Bine ging ran. „Mensch, Mädel, wo steckst du denn? Deine M…“

„Ich wollte dir nur sagen, dass ich es echt das Letzte finde, dass meine beste Freundin einen Käufer für mein Lieblingspferd organisiert! Du bist echt voll fies!“, unterbrach Clarissa Bines Wortschwall und legte sofort wieder auf, ohne eine Antwort abzuwarten.

„Hey, Clarissa, warte! Ich … Mist … Aufgelegt!“ Bine wählte sofort die Nummer ihrer Freundin, doch die hatte ihr Handy schon wieder ausgeschaltet.

„Das ist doch nicht zu fassen! Und was mache ich jetzt?“ Die Romantik war auf einmal verflogen.

Karel stand auf und half Bine hoch. „Ich denke, wir lassen uns jetzt gleich von Mama auf die Ranch zurückfahren, dann können wir Caroletta von dem Anruf erzählen. Vielleicht solltest du auch Clarissas Mutter darüber informieren, dass sich Clarissa endlich gemeldet hat.“

Bine nickte. „Ja, das wird wohl das Beste sein.“ Und während Karel zu seiner Mutter ins Haus lief, rief Bine Frau Veitner an, der ein Stein vom Herzen fiel, als sie von dem Lebenszeichen ihrer Tochter hörte.

„Keine Angst, Frau Veitner“, meinte Bine mit einem traurigen Unterton. „Wenn Clarissa so sauer auf mich sein kann, dann geht’s ihr nicht so schlecht.“

Clarissas Tränenvorrat war erschöpft, und was von all den Stunden trübsinnigen Grübelns übrig geblieben war, war Wut. Wut auf Bine, von der sie sich hintergangen fühlte; Wut auf Caroletta, die sich wohl einen Dreck darum scherte, wie sie sich jetzt fühlte; Wut auf ihre Freunde, die das Glück hatten, eigene Pferde zu besitzen; und Wut auf sich selbst, ohne genau zu wissen, warum.

Etwas ungelenk erhob sie sich, und mit einem Mal war ihr klar, dass sie nun zurückfahren musste.

Selbst wenn sie jetzt noch zehn Stunden hier sitzen würde – es würde nichts daran ändern, dass Sheila verkauft werden würde.

Ein paar Mal atmete Clarissa tief durch und warf einen letzten Blick über den so beruhigend dahinwogenden See. Auf einmal hatte sie das Gefühl, von diesem herrlichen Ort regelrecht flüchten zu müssen. Zu lange war sie hier gewesen, und diese Ruhe schien sie jetzt zu erdrücken.

Außerdem meldete sich inzwischen nachdrücklich ihr Magen. Schließlich hatte sie heute den ganzen Tag über nichts gegessen.

Wie kann man in so einer Situation noch Hunger haben?, fragte sich Clarissa und schämte sich fast für dieses Gefühl.

Rasch zerrte sie ihr Fahrrad aus dem Gebüsch und schob es durch Geäst und Gestrüpp zurück auf den Trampelpfad, der wiederum auf den Waldweg führte.

Sie würde jetzt nach Hause fahren, zurück in ihr Leben. Aber sie war sich sicher, dass sie nach den Stunden, die sie hier verbracht hatte, nie wieder diejenige sein würde, die sie vorher gewesen war.

Kaum fünf Minuten nachdem Clarissa den Ort am See verlassen hatte, kamen Ricky und Marc mit ihren Pferden dort an.

„Hier ist es." Ricky hielt Diabolo an und stieg ab.

„Hier?" Marc schaute ungläubig auf das dichte Gebüsch. „Da kommt man doch gar nicht durch!"

Ricky lachte. „Mit Pferd natürlich nicht, aber ohne ist das kein Problem. Ich geh mal schnell runter ans Ufer!" Sie drückte ihrem Freund Diabolos Zügel in die Hand und war gleich darauf verschwunden.

„Bingo!", schallte es auf einmal zu Marc herauf und zwei Minuten später stand Ricky wieder vor ihm. Sie schüttelte sich die Blätter aus den Haaren und hielt ihm einen Schlüsselanhänger in Hufeisenform entgegen. „Hab ich gerade gefunden! Der gehört Clarissa! Sie muss also hier gewesen sein."

Marc nickte anerkennend. „Wirklich schade, dass dir diese Stelle nicht schon früher eingefallen ist. Vielleicht hätten wir sie dann noch angetroffen."

„Ja, das stimmt. Aber ich glaube, jetzt hat es wirklich keinen Sinn mehr, weiterzusuchen. Wir sollten nach Hause reiten."

Fast im selben Moment bekam Marc eine SMS. *Suche Fehlanzeige! Reiten heimwärts. Gruß Lilian*

„Okay. Dann mal los. Da wir Clarissa nicht gefunden haben, denke ich, dass es reicht, wenn wir ihre Mutter von zu Hause aus anrufen. Oder was meinst du?"

Marc nickte. „Denke ich auch. Außerdem können wir uns

bis dahin noch überlegen, wie wir ihr beibringen, dass unsere Suche erfolglos war."

Ricky seufzte. Wenn sie ehrlich war, hoffte sie, dass Marc diesen Anruf übernehmen würde.

Als Bine und Karel auf der Mercy-Ranch eintrafen, waren Rondos und Starlights Boxen bereits blitzsauber.

„Mensch, Caroletta, wir hatten doch gesagt, dass wir das machen!", beschwerte sich Bine bei der Ranch-Chefin.

„Dafür helft ihr mir halt ein anderes Mal", meinte diese und winkte ab. „Die Bewegung tat mir ganz gut! Ach, übrigens, hab ich dir eigentlich schon gesagt, dass deine Cousine sich morgen Sheila anschaut?"

„Echt? Wann denn? Dann komme ich auf jeden Fall auch! Ich habe sie ja schon eine halbe Ewigkeit nicht mehr gesehen!" Bine freute sich auf ein Treffen mit Micha.

„Sie und ihre Eltern wollten so gegen drei Uhr hier sein."

„Klasse! Das passt! Karel, du kommst doch mit, oder?" Bine schaute sich nach ihrem Freund um.

„Warum nicht, wenn nichts dazwischen kommt", meinte er und zu Caroletta gewandt fügte er hinzu: „Dann können wir dir morgen auch gleich im Stall helfen!"

Die Ranch-Chefin lachte. „Prima! Ehe ich mich schlagen lasse, nehme ich eure Hilfe natürlich wie immer gerne an!"

„Sag mal, glaubst du, dass Ricky und die anderen heute noch kommen?, wollte Bine wissen. „Eigentlich wollten sie ja, aber wenn sie bis jetzt noch nicht hier sind, dann wird's wohl heute nichts mehr."

Caroletta nickte. „Das glaube ich auch. Besser, ihr macht euch jetzt wieder auf den Heimweg. Ihr habt ja schließlich auch noch ein Stückchen zu radeln."

„Ich bin heute sowieso hundemüde. Aber die Sache mit Clarissa lässt mir keine Ruhe." Bine verzog ihr Gesicht.

„Warte es ab. Ich bin mir fast sicher, dass sie inzwischen schon zu Hause ist. Sonst hätte sich Frau Veitner bestimmt noch einmal bei mir gemeldet, um nachzufragen, ob das Mädel vielleicht wieder hier auf der Ranch aufgekreuzt ist."

„Ja schon, aber sie war so wütend auf mich, wegen Micha!"

Caroletta legte Bine die Hand auf die Schulter. „Glaub mir, auch das wird sich wieder einrenken. Sie wird dir noch dafür dankbar sein. Spätestens dann, wenn sie selber sieht, dass Sheila einen guten Platz gefunden hat. So wie ich Clarissa kenne, stellt sie Sheilas Wohl über ihr eigenes. Ich denke nicht, dass sie dir allzu lange böse sein wird. Ihr seid schließlich die besten Freundinnen, und tief in ihrem Herzen weiß sie auch, dass du sie ja nicht kränken wolltest, sondern nur das Beste für Sheila im Sinn hattest."

„Ich hoffe, dass du damit recht behältst." Bine lief schnell in die Sattelkammer, um Karels und ihr Putzzeug zu holen, dann reichte sie Caroletta die Hand. „Also bis morgen dann! Wir sehen uns! Sag Micha schon mal liebe Grüße von mir, falls wir noch nicht hier sind, wenn sie kommt."

„Mach ich! Also, ciao ihr beiden, und kommt gut nach Hause!"

Lilian und Kathi waren vor den anderen beiden im Stall und warteten nun ungeduldig darauf, dass Ricky und Marc eintreffen würden.

„Neuigkeiten!", rief Lilian dem Paar entgegen, als es den Stall erreichte.

„Gute oder schlechte?", fragte Marc.

„Ich denke, gute! Clarissa ist zu Hause! Ihre Mutter hat mir kurz Bescheid gegeben! Sie lässt uns noch einmal für die Suche danken."

„Bin ich froh!" Ricky fiel ein Stein vom Herzen. „Mir hat

es bei der Vorstellung, Frau Veitner anzurufen, schon so gegraust!“, gab sie jetzt zu.

„Warum denn? So schlimm ist sie doch gar nicht!“, konnte Marc schon wieder scherzen.

„Esel! Du weißt doch genau, wie ich das meine!“

„Wer hier ein Esel ist, wird sich noch zeigen. Sag mal, wie ist eigentlich deine Mathearbeit gelaufen? Wir haben noch gar nicht darüber gesprochen.“

„Oh nein! Ich habe auch keine Lust, mich jetzt darüber zu unterhalten. Lieber nehme ich den Esel zurück!“, stöhnte Ricky, und Marc ließ sich auf den Deal ein.

Auf einmal stand Gustl in der Tür. „Wenn ihr noch einmal das Putzzeug über die ganze Stallgasse verstreut liegen lasst, dann werde ich ernsthaft sauer!“, sagte er mit anklagendem Blick.

„Auch das noch“, murmelte Kathi.

„Das war echt ein Notfall, Gustl! Clarissa war verschollen, und wir haben sie gesucht. Wir mussten uns halt beeilen und konnten keine Zeit verlieren.“

„Und? Habt ihr sie gefunden?“, wollte der Alte nun wissen.

„Nein. Leider nicht. Aber inzwischen ist sie wohl wieder zu Hause.“

Mit finsterem Blick starrte Gustl Ricky an. „Eine blödere Ausrede ist dir auf die Schnelle wohl nicht eingefallen, was?“

„Sorry, aber es war wirklich wichtig, wegen Clarissa …“

„Ihr haltet mich wohl für komplett unzurechnungsfähig, oder?“ Gustl fühlte sich wirklich von den jungen Leuten auf den Arm genommen, noch dazu, weil Marc und Kathi sich sichtbar das Lachen verkneifen mussten.

Und so stampfte der Alte beleidigt nach draußen. „Verschollen“, murmelte er vor sich hin. „So ein Quatsch!“

Clarissa stand wie ein Häufchen Elend vor der Tür.

Andrea Veitner machte ihr auf. „Weißt du eigentlich, was für Sorgen ich mir gemacht habe?“, fragte sie ärgerlich, doch dann überwog die Erleichterung und sie nahm ihre Tochter in die Arme. „Ich bin so froh, dass du wieder hier bist. Deine Freunde haben dich den ganzen Nachmittag gesucht, und ich bin vor Angst fast wahnsinnig geworden!“

„Ach, Mama, es tut mir leid“, stammelte Clarissa. Ihre Wut war verraucht, und sie fühlte sich jetzt nur noch ausgebrannt und leer. Sie war müde, hungrig und das Einzige, wonach sie sich im Augenblick sehnte, war ihr Bett.

„Ich bin so kaputt“, sagte sie leise, während sie kurze Zeit später total erschlagen an einem Wurstbrot kaute. Sie konnte die Augen kaum noch offen halten.

Obwohl ihre Mutter darauf brannte, zu erfahren, wo ihre Tochter den ganzen Tag verbracht hatte, sagte sie zu ihr: „Geh schlafen, Clarissa, damit du wieder fit wirst. Wir reden morgen über alles, wenn du aus der Schule kommst.“

Clarissa nickte müde. Sie war ihrer Mutter unendlich dankbar dafür, dass sie ihr keine Szene gemacht hatte. Sie schlurfte mit hängenden Schultern in ihr Zimmer, ließ sich auf ihr Bett fallen und war fast schon im selben Augenblick eingeschlafen.

„Verrücktes Mädel“, flüsterte Andrea Veitner etwa eine halbe Stunde später, als sie noch einmal nach ihrer Tochter sah. Behutsam zog sie die Bettdecke über sie und schlich auf Zehenspitzen wieder aus ihrem Zimmer. Sie war so froh, dass Clarissa wieder zu Hause war.

Kapitel 7

Als die Freunde am nächsten Tag in der großen Pause vor der Schule zusammenstanden, gesellte sich auch Clarissa zu ihnen. Anfangs war sie etwas verlegen, weil sie am Vortag auch ihren Freunden mit ihrem Verschwinden großes Kopfzerbrechen bereitet hatte. Doch als sie merkte, dass keiner sie darauf ansprach und sie auch das Thema Sheila außer Acht ließen, atmete sie auf. Nur als Bine auf die Gruppe zukam, stellte Clarissa sich etwas abseits und schaute demonstrativ in eine andere Richtung.

„Oh, oh, sie scheint immer noch sauer auf mich zu sein“, stellte Bine betrübt fest. Es tat ihr in der Seele weh, dass ihre Freundin nichts mehr mit ihr zu tun haben wollte.

„Gib ihr einfach ein bisschen Zeit, sich mit dem Verkauf von Sheila auseinanderzusetzen. Sie kommt schon wieder, wenn sie das verdaut hat. Sie kriegt sich bestimmt wieder ein“, meinte Ricky.

„Das hat Caroletta auch gesagt.“ Bine schielte zu Clarissa hinüber und dämpfte ihre Stimme ein wenig. „Heute Nachmittag kommt meine Cousine übrigens auf die Ranch, um Sheila anzuschauen.“

„Wirklich? Wann denn?“, wollte Ricky wissen.

„So gegen drei. Karel und ich wollen auch kommen. Oh Mann, ich sag's euch, Rondo und Starlight sind im neuen Stall total happy!“, wechselte Bine das Thema. Und während sie ihren Freunden ausgiebig erzählte, wie gut sich die

Tiere schon am ersten Tag im Stall des Jägerhauses eingewöhnt hatten, trottete Clarissa bereits in die Klasse zurück.

Bei Bines Worten, die sie trotz Geflüster gehört hatte, war sie zusammengezuckt.

Heute schon!, dachte sie, während sich ihr Magen verkrampfte. Heute Nachmittag kommt sie also schon, und das heißt, wenn's dumm läuft, dann habe ich heute das letzte Mal die Möglichkeit, Sheila zu sehen. Clarissa setzte sich auf ihren Platz und stierte an die Tafel, als ob dort eine Lösung ihres Problems aufgezeichnet wäre. Ich muss unbedingt noch einmal zur Ranch, überlegte sie weiter. Ich muss mich doch wenigstens von Sheila verabschieden!

Schon wieder hätte Clarissa weinen können, aber sie schaffte es, ihre Gefühle im Zaum zu halten. Schließlich wusste sie, dass ihre Mitschüler vermutlich sowieso nur blöde Kommentare abgeben würden, wenn sie sie mit Tränen in den Augen sahen …

Micha war total aufgekratzt. Nur mit Mühe hatte sie den Vormittag in der Schule hinter sich gebracht, und jetzt saß sie in ihrem Zimmer über den Hausaufgaben, kaum fähig, einen klaren Gedanken zu fassen. Immer wieder musste sie daran denken, dass sie in etwa einer Stunde mit ihren Eltern bereits zu Sheila unterwegs sein würde.

Blödes Latein!, dachte sie, während sie mit ihrer Übersetzung kämpfte. Normalerweise hatte sie damit keine Probleme, doch heute konnte sie sich überhaupt nicht konzentrieren. Zu dumm aber auch, dass ihre Mutter darauf bestanden hatte, dass sie ihre Hausaufgaben noch vor dem Besuch auf der Mercy-Ranch zu erledigen hatte. Dabei wäre doch am Abend mit Sicherheit noch genügend Zeit gewesen.

„Falls das mit dem Pferd klappt, hast du heute Abend

noch weniger Lust dazu, etwas für die Schule zu tun", hatte Manuela gesagt, und schließlich hatte sich Micha gefügt.

„Fertig!", schnaufte sie gut eine halbe Stunde später, klappte ihre Bücher und Hefte mit Schwung zu und stopfte sie in ihre Schultasche. Jetzt war sie doch froh, dass sie alles geschafft und somit den Kopf für Sheila freihatte.

„Von mir aus kann's losgehen", tönte sie aufgeregt zwei Minuten später in der Küche und strahlte ihre Eltern an.

Peter warf einen kurzen Blick auf seine Armbanduhr und nickte. „Also gut. Dann schmeiß dich mal in deine Reitklamotten, damit du das Pferd mal Probe reiten kannst."

„Yeah!" Und schon war Micha weg.

„Wir werden ein wenig zu früh dort sein", meinte Manuela zu Peter, doch der lachte nur.

„Lieber sind wir zu früh, als dass Micha uns noch zu Tode nervt, bis wir losfahren."

Lilian und Kathi hatten am Nachmittag keine Zeit, in den Stall zu kommen, und so durften Doc Holliday und Rashid mit Chicco und Salina faul auf der Koppel stehen, während Marc und Ricky ihre beiden Pferde gegen zwei Uhr in den Stall brachten, um sie für einen Ausritt fertig zu machen.

„Was hältst du davon, wenn wir Richtung Mercy-Ranch reiten und uns mal Bines Cousine anschauen. Würde mich ja schon interessieren, bei wem Sheila ihr neues Zuhause bekommt." Ricky schwang sich in Diabolos Sattel.

„Ja, warum nicht." Marc lenkte Sharazan neben den Rappen und gemeinsam verließen sie das Sulaische Anwesen.

„Du, Lilian und ich hatten gestern da so eine Idee", begann Ricky. „Es geht um das Spaßturnier."

Marc stöhnte laut auf. „Oh nein! Nicht schon wieder!"

„Jetzt hör doch erst mal zu! Wir dachten, dass dir das sowieso keinen Spaß macht und haben überlegt, ob du deinen Sharazan nicht vielleicht Clarissa zur Verfügung stellen könntest."

„Wie bitte?"

„Na, wir wollten Clarissa fragen, ob sie Lust hat, bei dem Turnier mitzumachen. Aber wenn Sheila jetzt wegkommt, dann hat sie ja kein geeignetes Pferd mehr. Also, wenn du keinen Bock auf Reiterspiele hast, könnte doch Clarissa vielleicht auf Sharazan teilnehmen." Gespannt schaute Ricky ihren Freund an, der erst einmal gar nichts sagte.

„Was hältst du davon?", hakte sie noch einmal nach, und Marc zuckte mit den Schultern.

„Also ich weiß nicht … Ich lasse ungern jemand anderen auf mein Pferd."

„Aber Clarissa reitet echt gut. Das weißt du doch!"

„Schon, aber wie wäre es bei dir? Würdest du so einfach einen anderen Reiter in Diabolos Sattel lassen?"

Jetzt schwieg Ricky. Sie musste sich eingestehen, dass sie über so einen Vorschlag ebenfalls nicht begeistert wäre. Genauer gesagt, es wäre ihr überhaupt nicht recht! Wie hatte sie nur annehmen können, dass Marc von dieser Idee begeistert wäre.

„Okay, Thema abgehakt!", antwortete sie nun etwas kleinlaut.

„Ich habe ja nicht gesagt, dass ich total dagegen bin … Ich muss mir das bloß erst noch einmal überlegen. Ihr habt hoffentlich noch nicht mit Clarissa darüber gesprochen, oder?"

„Natürlich nicht! Und es ist auch kein Problem, wenn sie Sharazan nicht reiten kann. Lilian hat schon von sich aus angeboten, dass sie auf Holli teilnehmen könnte. Dann ist er halt zwei Mal dabei."

„Ich werde darüber nachdenken", versprach Marc, und nach ein paar Minuten blickte er schelmisch zu Ricky. „Ich würde mich herrlich darüber amüsieren, wenn Sharazan mit Clarissa an den Stangen vorbeischießen würde und könnte hinterher behaupten, dass ich es viel besser gemacht hätte!"

Ricky lachte laut. „Wusste ich doch, dass es dir mehr Freude machen würde, dich auf Kosten anderer lustig zu machen."

„Ich sag nichts ohne meinen Anwalt!", neckte Marc seine Freundin grinsend, dann verkürzten die beiden ihre Zügel und ließen ihre Pferde in einen langsamen Galopp fallen.

Caroletta stand im Eingang ihres Stalles und hatte den Blick hinunter auf die Koppel gerichtet, wo all die Pferde der Mercy-Ranch beieinander standen und den sonnigen Tag genossen.

Bald würde Bines Cousine mit ihren Eltern eintreffen, und Caroletta überlegte, ob sie Sheila hereinholen sollte. Doch dann entschied sie sich anders.

Wer weiß, vielleicht gefällt sie ihnen gar nicht, dann hat sie völlig umsonst mindestens zwei schöne Koppelstunden versäumt, dachte sie. Und wenn Sheila dieser Micha zusagt und die beiden miteinander klarkommen, dann ist es ja auch gar nicht schlecht, wenn das Mädel sie selbst putzt und sattelt, um sie Probe zu reiten.

Automatisch wanderten Carolettas Gedanken nun zu Clarissa. Wie sie sich wohl im Augenblick fühlte? Ob sie sich mittlerweile wieder gefangen hatte? Oder weinte sie sich womöglich immer noch die Augen aus?

Caroletta lag das Wohl der Jugendlichen, die täglich in diesem Stall ein und aus gingen, wirklich am Herzen. Umso mehr tat es ihr in der Seele weh, einen von ihnen so enttäuschen zu müssen. Wenn gewährleistet gewesen wäre, dass Clarissa für Sheila hätte sorgen können, hätte Caroletta noch nicht einmal gezögert, dem Mädchen das Pferd einfach zu überlassen. So hätte sie wenigstens sicher sein können, dass das Tier es bis an sein Lebensende gut gehabt hätte. Sheila und Clarissa hatten wirklich ganz wunderbar zusammengepasst.

Caroletta seufzte und ging zurück in den Stall. Was wäre sie froh, wenn dieses Thema endlich abgeschlossen wäre.

Clarissa war von der Schule aus direkt nach Hause gekommen und hatte sich innerlich bereits darauf eingestellt, ihrer Mutter eine Erklärung für den vergangenen Tag abzugeben. Doch als sie die Wohnung betrat, fand sie auf dem Küchentisch einen Zettel mit einer Nachricht vor.

Muss heute Nachmittag arbeiten. Eine Kollegin ist ausgefallen, und ich weiß noch nicht, wie lange es dauert. Essen steht im Kühlschrank. Sei heute Abend bitte spätestens um acht Uhr zu Hause! Alles Liebe … Mama

Clarissa atmete auf. Mit etwas Glück würde ihre Mutter bei der Rückkehr von ihrer Arbeit im Krankenhaus viel zu müde sein, um noch mit ihrer Tochter zu reden.

Clarissa öffnete den Kühlschrank, warf einen Blick auf einen Teller voller Frikadellen und eine Schüssel Kartoffelsalat, doch obwohl sie Hunger hatte, war sie viel zu nervös, um etwas zu essen.

Wenn sie sich jetzt schnell an ihre Hausaufgaben machte, könnte sie noch rechtzeitig loskommen, um gegen halb vier auf der Ranch zu sein.

Auf der Ranch?

Clarissa kam ins Grübeln. Würde sie tatsächlich dazu in der Lage sein, sich in die Nähe dieser Micha zu begeben? Würde sie es ertragen, ein glückliches Strahlen in deren Augen zu sehen, wenn klar wäre, dass sie Sheila mit nach Hause nehmen würde?

Schwer ließ sich Clarissa auf einen der Küchenstühle fallen.

Nein! Ich kann das nicht!, dachte sie im selben Moment und beschloss, sich irgendwo auf der Ranch zu verstecken und die neue Besitzerin nur von Weitem in Augenschein zu nehmen. Vielleicht würde sich ja die Gelegenheit ergeben, noch einmal, in einem unbemerkten Moment, zu Sheila zu huschen, um sich von ihr zu verabschieden. Ja! Genau so würde sie es machen!

Bine stellte ihr Fahrrad vor dem Jägerhaus ab und wollte gerade an der Haustür klingeln, als sie Karels Stimme hörte.

„Ich bin hier!“, rief er aus dem Stall und schwenkte fröhlich die Mistgabel.

„Hey!“, gab Bine freudig zurück und lief zu ihm hin. „Hab mich extra beeilt, damit wir rechtzeitig losreiten können!“

Karel nahm seine Freundin in die Arme. „Schön, dass du da bist. Aber ich habe die Pferde vorhin erst auf die Koppel gelassen, damit sie ihren neuen Auslauf kennenlernen. Irgendwie fände ich es jetzt blöd, wenn wir sie gleich wieder reinholen würden. Es wäre doch schön, wenn wir sie heute in Ruhe die Koppel erkunden lassen würden.“

Bine verzog ein wenig enttäuscht ihr Gesicht. „Och Mann, und ich hatte mich so darauf gefreut, zur Ranch zu reiten!“

„Wir können doch hinradeln. Ich würde es einfach besser finden, wenn sich die Tiere heute noch so richtig eingewöhnen könnten.“

Bine nickte. „Ich schätze, du hast recht! Ist ja auch nur so, dass ich Micha gerne meinen Rondo gezeigt hätte, aber … na ja, egal.“ Sie schaute auf die Uhr. „Wenn wir rechtzeitig dort sein wollen, müssen wir jetzt aber losfahren.

Sonst sind sie womöglich schon wieder weg, ehe wir ankommen."

Karel lachte. „Bestimmt sind sie das nicht! Um sich ein Pferd, das man eventuell kaufen möchte, anzuschauen, braucht man Zeit. Viel Zeit! So was geht nicht in einer halben Stunde! Also keine Angst, du wirst deine Cousine mit Sicherheit noch treffen! Den Stall habe ich übrigens schon fertig. Das heißt also, dass wir uns nachher mit dem Zurückfahren Zeit lassen können."

Bine strahlte. „Klasse! Aber morgen bin ich mit dem Misten dran!", sagte sie mit Bestimmtheit.

Karel grinste. „Keine Sorge! Du wirst noch oft genug die Gelegenheit dazu haben."

Rasch stellte er den Mistkarren zur Seite und brachte die Gabel zurück an ihren Platz.

„Also, los geht's!", meinte er, während er sich den Staub von der Jeans abklopfte und sein Fahrrad aus der Garage holte. Gleich darauf waren die beiden dann schon zu Caroletta unterwegs.

„Hier ist es ja total schön!", rief Micha begeistert aus, während Peter den Wagen über den Zufahrtsweg zur Mercy-Ranch lenkte. „Und da vorne ist die Koppel. Ob Sheila bei den Pferden dabei ist?"

Aufgeregt drückte sie sich fast die Nase an der Scheibe platt. „Schaut mal! Das Pferd links von diesem Grauschimmel, das könnte sie sein! Himmel, wenn sie das wirklich ist, dann ist sie noch schöner als auf dem Foto, das Bine mir geschickt hat!"

Caroletta sah den herannahenden Wagen und trat vor die Tür.

Nachdem Micha und ihre Eltern ausgestiegen waren und

man sich begrüßt hatte, hatte Caroletta das Gefühl, dass ihr erster Eindruck ganz richtig war. Die Leute schienen wirklich sehr nett zu sein.

Ihr Blick fiel auf Micha. „Dann wollen wir mal zu Sheila gehen. Du wirst es sicherlich kaum erwarten können, nicht wahr?“ Sie lächelte, als Micha heftig nickte.

„Ist sie das, dort auf der Koppel?“, fragte das Mädchen gespannt.

„Ja.“ Caroletta ging voraus, und ohne zurückzuschauen wusste sie, das Michas Gesicht ein einziges Strahlen war.

Als sie am Zaun angekommen waren, flogen die Köpfe der Pferde hoch, und vereinzeltes Begrüßungswiehern ertönte, als die Tiere Caroletta erkannten.

Die Ranch-Chefin erzählte kurz Sheilas bisheriges Leben und vergaß dabei auch nicht zu erwähnen, wie miserabel die Vorbesitzer das Pferd behandelt hatten. „Es hat eine Weile gedauert, bis Sheila das Vertrauen in Menschen wiedergewonnen hatte, aber jetzt gibt es wirklich absolut keine Probleme mit ihr. Sie ist lieb im Umgang, völlig problemlos, was den Hufschmied anbelangt, und lässt sich sehr schön reiten. Clarissa, das Mädchen, das sich um sie gekümmert hat, ist vierzehn und war mit dem Pferd fast jeden Tag im Gelände.“

„Wie alt ist Sheila?“, wollte Micha nun wissen.

„Sie ist zehn Jahre alt und kerngesund! Sie können also gerne einen Tierarzt für eine Ankaufsuntersuchung kommen lassen, wenn Sie möchten“, bot Caroletta mit einem Blick auf Michas Eltern an.

Eine Weile lang standen die potenziellen Käufer schweigend da und beobachteten die Herde. Michas Blick hing gebannt an der wunderschönen Schwarzwälderstute, während Manuela ihren Mann auf den etwas größeren Grauschimmel hinwies.

„Der ist aber auch süß. Wie heißt der denn?“

„Das ist Silver. Er ist elf Jahre alt und wurde von seinem Besitzer sozusagen ausrangiert, weil er nicht mehr turniertauglich ist. Das Tier wurde wohl viel zu früh eingeritten und auf dem Springplatz verheizt, denn es hat ziemliche Gelenkprobleme. Allerdings muss ich dazu sagen, dass man das nur bei Überbelastung merkt. Bei normaler Beanspruchung, und wenn man nicht gerade mordsmäßige Tagesritte oder Sprünge mit ihm absolviert, gibt es überhaupt keine Probleme.“

„Aha.“ Manuela hatte aufmerksam zugehört, und ihr wurde wieder mal klar, dass sie nichts von Pferden verstand.

Auch Micha hatte Carolettas Worten aufmerksam gelauscht, und sie ertappte sich dabei, dass sie ihrer Mutter absolut recht geben musste. Dieser Silver könnte ihr tatsächlich auch gefallen. Während Sheila sich inzwischen wieder dem köstlichen Gras zugewandt hatte, schaute der Grauschimmel noch immer zu ihr herüber.

„Komm“, meinte Caroletta mit einem Mal zu Micha. „Wir gehen auf die Koppel und holen Sheila. Du möchtest sie sicher besser kennenlernen, oder?“

Das Mädchen nickte begeistert und folgte Caroletta, die sich schwerfällig unter den Koppelstangen hindurchbückte. Langsam gingen sie auf die Pferde zu, die ihnen gleich entgegenkamen. Schließlich war es ja denkbar, dass Caroletta ein paar Leckerlis in der Tasche hatte. Dicht drängten sich die Tiere um die beiden, und Caroletta schob lachend die Köpfe zur Seite.

„Verfressene Bande!“, schimpfte sie und zwinkerte dem Mädchen zu.

Silver schob sich nahe an Micha heran und tastete mit seinen weichen Nüstern über ihre Hände, dann blies er ihr übermütig ins Gesicht.

Spontan umarmte das Mädchen den hübschen Kopf des Pferdes. „Du bist wirklich ein ganz Lieber! Schade, dass du nicht zum Verkauf stehst.“ Aus den Augenwinkeln heraus schielte Micha zu Caroletta. „Wenn ich ganz ehrlich bin … der würde mir noch besser gefallen als Sheila.“

„Ja?“ Die Ranch-Chefin nickte ihr freundlich zu. „Silver ist eine Seele von Pferd. Ihn kann wirklich nichts aus der Ruhe bringen. Aber leider ist er, wie ich vorhin bereits gesagt habe, nicht ganz gesund. An Sheila wirst du insofern auf jeden Fall mehr Freude haben. Und ich bin mir fast sicher, dass du ihrem Charme erliegen wirst. Bislang hat sich die Kleine noch in jedes Reiterherz geschlichen!“

Caroletta griff nach dem Halfter der Schwarzwälderstute. „Komm, Lady, jetzt wird's ernst!“, sagte sie und führte das Tier problemlos von den anderen Pferden weg, während Micha noch einmal fast ein wenig wehmütig Silvers Hals klopfte. Dann folgte sie Caroletta und Sheila. Schließlich war sie ja hierhergekommen, um sich dieses Pferd anzuschauen.

„Darf ich sie nehmen?“, fragte Micha gleich darauf bittend.

„Natürlich! Aber pass auf. Manchmal ist sie schusselig und tritt einem auf die Füße!“

„Wenn's weiter nichts ist“, entgegnete Micha lachend und übernahm das Pferd. So, als ob sie es schon ewig lange kennen würde, führte sie es über die Koppel und dann stolz an Manuela und Peter vorbei zum Stall hinauf. Irgendwie hatte sie schon jetzt das Gefühl, dass Sheila ihr gehörte.

„Binde sie an dem Ring vor der dritten Box rechts fest. Ich werde dir Putzzeug bringen, dann kannst du dich etwas mit ihr beschäftigen und gibst Sheila damit auch die Gelegenheit, dich kennenzulernen“, sagte Caroletta und drückte Micha gleich darauf Gummistriegel, Kardätsche, eine weiche Bürste und den Hufkratzer in die Hand. „Und keine Angst! Sie ist wirklich total lieb.“

Micha lächelte die Ranch-Chefin an. „Ich habe keine Angst.“

„Na dann ist’s ja gut.“

„Darf ich sie nachher auch mal reiten?“ Micha schaute Caroletta erwartungsvoll an.

„Natürlich. Schließlich musst du ja wissen, ob ihr zusammenpasst.“ Caroletta wandte sich an Michas Eltern. „Vorausgesetzt, Sie sind mit einem Proberitt einverstanden. Der geschieht allerdings auf Ihre Verantwortung, und ich müsste Sie darum bitten, mir ein dementsprechendes Formular zu unterschreiben.“

Peter stutzte. „Ich denke, das Pferd ist so brav?“, fragte er argwöhnisch.

„Ist es auch! Aber Sie müssen verstehen, dass ich dennoch kein Risiko eingehen möchte.“

„Hm … okay.“

Während Caroletta nun also das Formular aus dem Büro holte, unterhielten sich Micha und ihre Eltern.

„Gefällt sie dir?“, wollte Manuela wissen.

„Ja, schon! Sie ist total goldig! Ich bin gespannt, wie sie sich reiten lässt“, schwärmte das Mädchen, während es das samtige Fell des Pferdes ausgiebig striegelte.

„Pass bloß auf, wenn du draufsitzt. Das Tier kennt dich noch nicht“, warnte Peter seine Tochter, doch Micha lachte nur.

„Ich bin mir sicher, dass Sheila keiner Fliege etwas zuleide tut!“, sagte sie aus vollster Überzeugung. Da kam auch schon Caroletta zurück und reichte Peter das Formular samt Kugelschreiber zur Unterschrift.

Für einen Augenblick zögerte Michas Vater noch, dann setzte er schwungvoll seinen Namen unter den Text.

„Verbindlichen Dank!“ Caroletta faltete den Zettel zusammen und steckte ihn fast achtlos ein. Sie wusste, dass es wirklich nur eine Formalität war, denn all ihre Tiere waren hundertprozentige Verlasspferde.

Aus den Augenwinkeln heraus beobachtete die Ranch-Chefin Micha, die mit einer selbstverständlichen Sicherheit mit Sheila umging. Man merkte dem Mädchen an, dass es wohl schon sehr viel Zeit mit Pferden verbracht hatte.

Ein guter Anfang, dachte Caroletta. Das Mädel gefällt mir!

Clarissa war so nah wie möglich an die Ranch herangefahren und hatte ihr Rad an einen Baum gelehnt. Dann hatte sie sich hinter einem dicken Gebüsch in der Nähe des Reitplatzes versteckt und Michas Ankunft aus ihrem Schlupfwinkel heraus beobachtet.

Als sie sah, wie das Mädchen Sheila von Caroletta auf der Koppel übernahm und in den Stall führte, biss sie sich auf die Lippen, um ein Weinen zu unterdrücken. Lange Zeit war dann nichts mehr zu hören oder zu sehen, und unruhig fragte Clarissa sich, ob diese Leute vielleicht schon den Kaufvertrag für Sheila unterschrieben – ein Gedanke, der sie fast wahnsinnig machte.

Am liebsten wäre sie in den Stall gerannt und hätte diesen Menschen ins Gesicht geschrien, was für einen miesen Charakter Sheila habe und wie unberechenbar sie sich im Gelände aufführen würde, sodass ihnen die Lust auf dieses Pferd vergehen würde. Doch das hätte sie weder Sheila noch Caroletta antun können. Und so wartete Clarissa weiter zusammengekauert hinter ihrem Busch. Die Leute hatten keinen Pferdeanhänger mitgebracht – das bedeutete wohl, dass sie, falls sie Sheila kaufen würden, noch ein weiteres Mal hierherkommen würden. Also hätte sie immer noch genug Zeit, sich von ihrem Lieblingspferd zu verabschieden.

Clarissa stutzte und hielt die Luft an.

Micha erschien mit der gesattelten Sheila in der Stalltür, gefolgt von den Erwachsenen.

Oh Mann, meine Süße, warum hast du dich bloß satteln lassen?, schoss es Clarissa durch den Kopf. Insgeheim verfluchte sie sich jetzt dafür, dass sie mit dazu beigetragen hatte, dem Tier beizubringen beim Satteln stillzustehen.

„Da hinten ist ein kleiner Reitplatz“, rief Caroletta gerade Micha zu und deutete in Clarissas Richtung, die ein Schreck durchfuhr.

Micha nickte und führte Sheila in das umzäunte Viereck, dessen Eingangsbereich Caroletta jetzt mit zwei Stangen schloss.

„Lass sie am Anfang ein paar Runden am langen Zügel gehen, ehe du mit ihr Hufschlagfiguren reitest oder einen Gangwechsel machst“, wies die Ranch-Chefin sie an.

Dann gurtete Micha mit leicht bebenden Händen nach, stellte ihre Bügellänge richtig ein und klopfte Sheila noch einmal den Hals, ehe sie aufsteigen wollte. Sie war nun doch ziemlich nervös, was sich natürlich sofort auf das Pferd übertrug, und als Micha ihren Fuß in den Steigbügel stellte, drehte sich Sheila um ihre eigene Achse.

„Brrr … halt … schön stehen bleiben“, versuchte Micha das Tier zu beruhigen. Als Sheila wieder auf der Stelle stand, startete das Mädchen einen zweiten Versuch. Doch das Pferd warf ungehalten seinen Kopf nach oben und legte die Ohren an.

„Gut so, Sheila! Zeig ihr, dass du absolut nicht für sie geeignet bist!“, zischte Clarissa durch die Zähne, während sie ihre Hände so stark zu Fäusten ballte, dass ihre Fingerknöchel weiß hervortraten.

Etwas verlegen und verunsichert warf Micha Caroletta einen Blick zu, die nun auf sie zugelaufen kam.

Energisch griff die Ranch-Chefin in die Zügel.

„Steh, Sheila!“, sagte sie mit unmissverständlicher Klarheit, und das Pferd gehorchte anstandslos, sodass die Reiterin endlich aufsitzen konnte.

„Du bist im Augenblick zu aufgeregt, mein Kind!“ Caroletta lächelte Micha verständnisvoll an. „Sheila ist sehr sensibel und spürt das sofort.“

„Tut mir leid. Ich weiß auch nicht, was gerade los ist“, sagte Micha verlegen.

„Es muss dir nicht leid tun. Versuche einfach, selbst zur Ruhe zu kommen und nachher deine Hilfen klar und sauber zu geben, damit Sheila mit dir klarkommt. Sie ist es gewöhnt, sich auf ihre Reiterin absolut verlassen zu können, und wenn du unsicher bist, dann überträgt sich das gleich auf sie. Was ein verunsichertes Pferd bedeutet, brauche ich dir wohl nicht zu sagen; schließlich reitest du schon lange genug, nicht wahr?“

Micha war puterrot geworden und haderte mit sich und ihren Reitkünsten, während sie nickte. Sie wusste, dass sie eine gute Reiterin war, aber die Tatsache, dass jetzt davon abhing, ob dieses herrliche Pferd in Zukunft ihr gehören würde, versetzte sie in eine Panik, die sie kaum unter Kontrolle halten konnte.

„Dann mal los!“, sagte Caroletta aufmunternd, ließ die Zügel los und gab Sheila einen aufmunternden Klaps auf die Kruppe.

Noch einmal atmete Micha tief durch, dann legte sie leicht die Waden an den Leib des Pferdes und lenkte es am langen Zügel auf den Hufschlag. Nun gewann das Mädchen von Runde zu Runde seine Sicherheit zurück, und schon bald nahm es die Zügel auf und versuchte einen Trab.

Sheila war wunderbar auszusitzen, und Micha kam sich fast wie auf einer Wolke vor.

Traumhaft!, dachte sie verzückt. Dieser Trab sollte niemals enden! Nach und nach ritt sie ein paar Hufschlagfiguren, parierte das Pferd immer wieder durch, ließ es rückwärts gehen und schließlich angaloppieren, wobei das Tier seinen Hals vorbildlich bog.

Clarissa konnte ihre Tränen nun doch nicht mehr zurückhalten, und während sie leise aufschluchzte, wandte sie sich ab, kletterte aus dem Gebüsch heraus und rannte zu ihrem Fahrrad. Sie konnte es nicht mehr ertragen, Pferd und Reiterin weiter zuzuschauen, zumal sie sich eingestehen musste, dass diese Micha viel besser ritt als sie selbst. Wild trat sie in die Pedale und wünschte sich, schon wieder zu Hause zu sein, um nichts mehr hören und sehen zu müssen. Sie wusste, dass sie Sheila endgültig verloren hatte.

Micha war etwa eine halbe Stunde geritten, als Ricky und Marc mit ihren Pferden auf der Mercy-Ranch eintrafen.

„He, schau mal!“ Ricky deutete auf den Reitplatz. „Sheila geht spitze!“

Marc schaute ebenfalls rüber und nickte zustimmend. „Alle Achtung! Bines Cousine macht eine gute Figur im Sattel!“

Ricky grinste. „Ich habe eigentlich von dem Pferd gesprochen, nicht von dem Mädchen.“

Langsam ritten sie mit Diabolo und Sharazan näher und hielten schließlich vor Caroletta und Michas Eltern an.

„Tag“, grüßten die Jugendlichen locker.

„Und? Wie läuft's?“, fragte Ricky, den Blick immer noch fasziniert auf Sheila gerichtet.

„Hallo, ihr zwei! Läuft gut, so wie's aussieht. Scheint so,

als ob die beiden sich mögen würden“, sagte Caroletta und blinzelte Marc zu, während der sich aus Sharazans Sattel gleiten ließ.

„Das ist echt Wahnsinn!“, schwärmte Micha etwas außer Atem und kam herangeritten. „Sie ist herrlich zu reiten!“ Schwungvoll stieg sie ab und klopfte Sheilas Hals überschwänglich. Doch dann wanderte ihr Blick wieder zu Silver, der noch immer aufmerksam zu ihr herüberschaute.

Ob der wohl auch so gut zu reiten ist?, fragte sich Micha, doch dann schüttelte sie diesen Gedanken ab. Caroletta hatte noch nicht mal angedeutet, dass sie Silver eventuell auch verkaufen würde. Aber obwohl Micha in der Vergangenheit so für Schwarzwälderpferde geschwärmt hatte, musste sie jetzt doch zugeben, dass sie sich zu dem grauen Wallach viel mehr hingezogen fühlte als zu Sheila – ganz gleich, wie herrlich sie auch zu reiten war.

Mensch, Micha, nun sei nicht undankbar! Das Mädchen tadelte sich in Gedanken selbst, und nach einigem Überlegen war sie sich dann doch ziemlich sicher, dass sie Sheila sehr lieben würde, wenn sie erst einmal ihr gehören würde.

Caroletta öffnete die Stangen, damit die Reiterin mit ihrem Pferd das Viereck verlassen konnte.

Manuela und Peter sahen sich an.

„Du meinst also, dass du mit dem Pferd zurechtkommen würdest?“, wollte Peter nun wissen.

Für den Bruchteil einer Sekunde zögerte Micha, doch dann nickte sie entschieden.

„Absolut! Aber ich würde sie trotzdem gerne ein kurzes Stück im Gelände reiten. Wäre das möglich?“

Caroletta überlegte für einen Moment, dann nickte sie. „Warum nicht. Aber bitte bleib in Sichtweite!“

„Ja, natürlich! Ich möchte nur ein Stückchen den Weg runterreiten und dort einen kleinen Galopp ausprobieren.

Dann komme ich sofort zurück!", versprach Micha und führte Sheila ein paar Schritte weiter, um erneut aufzusteigen. Doch obwohl das Mädchen nun überhaupt nicht mehr nervös war, begann die Stute zu tänzeln und sich instinktiv dagegen zu wehren, dass die Reiterin ein weiteres Mal in ihren Sattel stieg. Man hatte den Eindruck, dass die Stute zu ahnen schien, dass es von diesem Ritt abhängen würde, ob sie hierbleiben könnte oder nicht …

Kapitel 8

„Nanu, was ist denn jetzt los?“, fragte Marc mehr sich selbst als die anderen, als er Sheilas seltsames Verhalten beobachtete. „Hat sie sich vorhin auch schon so angestellt? Das macht sie doch sonst nicht!“

„Nur kurz, aber dann war alles okay.“ Auch Caroletta konnte sich nicht erklären, warum sich das Pferd auf einmal so benahm.

Als Micha einen weiteren Versuch unternahm, zog Sheila blitzschnell ihr linkes Hinterbein bis zum Bauch hoch und keilte mehrfach wild aus, haarscharf an dem Mädchen vorbei, das gerade noch seinen Fuß aus dem Steigbügel nehmen und einen Satz zur Seite machen konnte.

Sheila erschrak durch diese abrupte Bewegung, riss Micha die Zügel aus der Hand und raste über den Hof hinaus in die Freiheit.

„Sheila!“, rief Caroletta und humpelte ein paar Schritte hinter dem Pferd her. „Sheila! Komm zurück!“ Erschrocken fuhr sie zusammen, als Diabolo an ihr vorbeigaloppierte. Ricky hatte geistesgegenwärtig Sheilas Verfolgung aufgenommen, und auch Marc war sofort im Sattel und preschte hinterher. Nicht auszudenken, wenn sich Sheila mit den Beinen in den Zügeln verfangen würde!

„Nichts passiert!“, beruhigte Micha unterdessen ihre besorgten Eltern, ehe sich Peter aufgeregt an Caroletta wandte.

„Das ist also das hundertprozentige Verlasspferd, von dem Sie gesprochen haben?“, fragte er mit bleichem Gesicht. „Ich habe doch geahnt, warum ich diesen Wisch unterschreiben musste, bevor Micha in den Sattel gestiegen ist.“

Caroletta schüttelte heftig den Kopf. „Oh nein, Herr Schneider! Das muss ich mir nun wirklich nicht sagen lassen! Bei mir gehen viele Jugendliche ein und aus, die sich mit den Pferden beschäftigen und sie reiten. Ich würde sie nie einem Risiko aussetzen! Sheila ist ein Verlasspferd, und weiß der Teufel, was gerade in sie gefahren ist! Micha, hast du ihr vielleicht beim Aufsteigen die Fußspitze in den Bauch gedrückt?“

Das Mädchen schaute sie verblüfft an. „Ich … ähem … Nicht, dass ich wüsste, aber möglich wäre es schon ...“

„Frau Koszy, suchen Sie jetzt bitte nicht das Problem bei meiner Tochter!“

Caroletta hörte gar nicht richtig hin, was Peter sagte. Sie beobachtete Rickys und Marcs Ritt.

Sheila war an der Koppel vorbeigaloppiert und hatte nun Kurs auf die Landstraße genommen, die den Zufahrtsweg zur Ranch kreuzte. Diabolo war ihr dicht auf den Fersen, doch je näher der Rappe Sheila kam, desto schneller schien die Stute zu werden.

Ricky wusste, dass sie es so niemals schaffen würde, Sheila einzuholen. Sie schaute sich kurz um und sah Marc dicht hinter sich.

„Du rechts und ich links!“, schrie Marc ihr zu, und fast gleichzeitig lenkten sie ihre Pferde entsprechend vom Weg herunter, sodass Sheila nicht mehr das Gefühl hatte, verfolgt zu werden.

„Lauf, Diabolo!“, feuerte Ricky ihr Pferd an. „Lauf, lauf, lauf! Komm schon!“, und der Rappe holte Meter um Meter auf. Ricky starrte geradeaus. „Mein Gott, die Straße! Die Straße! Sheila! Oh mein Gott!“ Mit aller Kraft brachte Ricky Diabolo gerade noch zum Stehen, als sie den Lastzug kommen sah. Auch Marc legte mit Sharazan einen Sliding Stop hin, wie ihn ein Westernreiter kaum besser geschafft hätte.

„Nein!“, brüllte Ricky aus vollem Herzen und schloss die Augen, um nicht mit ansehen zu müssen, was jetzt geschah.

Sheila raste ungebremst über die Straße, kam ins Rutschen, fing sich jedoch wieder und schaffte es gerade noch, dem hupenden Lastzug zu entkommen.

Kaum war das Fahrzeug mit dem heftig gestikulierenden Fahrer vorbeigerauscht, nahmen Ricky und Marc sofort wieder die Verfolgung der Stute auf.

„Sheila ist total panisch!“, schrie Marc. „Wir müssen ihr den Weg abschneiden!“

Gute Idee, dachte Ricky, hatte aber keinen Schimmer, wie sie das schaffen sollten. Wenn kein Wunder geschieht, kriegen wir sie nie, und die nächste Straße kommt bestimmt!

„Blödes Fahrrad!“, meinte Bine geknickt. „Wir hätten doch reiten sollen. Pferde haben halt den Vorteil, dass sie keinen Platten haben können.“ Immer wieder schaute sie auf die Uhr. „So langsam bin ich mir wirklich sicher, dass ich Micha nicht mehr zu Gesicht bekomme.“ Resigniert starrte sie auf Karel, der vor ihrem umgedrehten Fahrrad kniete und damit beschäftigt war, den Reifen zu flicken.

„Na komm, ich hab’s ja gleich“, meinte er beschwichtigend.

„Das sagst du schon seit mindestens einer Viertelstunde!“, gab Bine zurück.

„Ich bin da halt nicht mehr so in Übung“, verteidigte sich Karel.

Auf einmal versetzte Bine ihm einen Schlag in den Rücken.

„He, sag mal, geht's dir noch gut? Was …"

Bine deutete aufgeregt in eine bestimmte Richtung. „Schau mal da! Da rennt ein reiterloses Pferd und … ach du Schande … Sind das dahinter nicht Diabolo und Sharazan? Und … das ist doch …"

„Sheila! Das ist Sheila! Himmel, was ist da passiert? Hoffentlich ist deine Cousine nicht gestürzt!", platzte Karel heraus, während er sich in Windeseile aufrichtete und die Luftpumpe zur Seite warf.

„Du meinst, Micha liegt womöglich irgendwo da hinten?" Bine war blass geworden. Wie betäubt starrte sie auf die dahinjagende Schwarzwälderstute.

„Sie kommt direkt auf uns zu!" Karel fixierte das Tier, dann packte er Bine am Arm und zog sie mit sich. „Los, komm! Vielleicht können wir sie aufhalten!"

Gemeinsam rannten sie dem Pferd entgegen und hofften, dass Sheila ihren Kurs beibehalten würde.

Clarissa war wieder zu Hause und froh darüber, dass niemand sonst zu Hause war.

Geistesabwesend trank sie ein großes Glas Wasser, ehe sie trübsinnig in ihr Zimmer schlurfte, wo noch immer sämtliche Bilder von Sheila auf dem Boden verstreut herumlagen.

Mechanisch bückte sich das Mädchen und begann, sie der Reihe nach einzusammeln. Dann setzte es sich an seinen Tisch, zündete eine Kerze an und nahm eine große Schere zur Hand.

Clarissa schaute sich lange ein Foto nach dem anderen an und zerschnitt alle nacheinander in kleinste Schnipsel. Keines wollte sie zurückbehalten. Sie wusste genau, dass es keinen Tag geben würde, an dem sie nicht die Fotos betrachten würde – und die Erinnerungen würden zu schmerzhaft sein.

Unter Tränen schaute sie ein letztes Mal auf ihr Lieblingsfoto, das sie mit Sheila zeigte. Für einen Augenblick lang war sie versucht, wenigstens dieses eine Bild aufzubewahren, doch dann überwand sie sich und vernichtete es, genau so wie all die anderen Fotos.

Erschöpft ließ sie die Schere sinken und warf die Papierschnipsel direkt in den Papierkorb. Dann griff sie sich einen Bogen ihres schönsten Pferdebriefpapiers, und nach einem langen Blick in die flackernde Kerzenflamme begann sie zu schreiben.

Im Tal der Tränen

Im Tal der Tränen
auf immer gefangen,
weine ich dem Glück nach,
das mir gestohlen wurde.
Beraubt all dessen,
was so wichtig für mich war,
ohne zu fragen,
wie es mir jetzt geht,
ohne zu sehen,
dass mein Herz in Trümmern liegt,
ohne zu fühlen,
was mir verloren gegangen ist.
Im Tal der Tränen
auf immer gefangen,
blutet mein Herz,
und ich warte auf ein Wunder.
Ich warte

und warte
und warte,
obwohl ich weiß,
dass dieses Wunder
niemals geschehen wird,
denn das,
was ich verloren habe,
wird niemals mehr
zu mir zurückkommen,
und dennoch …
ich warte weiter,
in der Hoffnung,
dass eines Tages
meine Tränen versiegen,
dass eines Tages
mein Herz wieder lachen kann
und ich es schaffe,
mich aus dem Tal der Tränen
zu befreien,
um aufzusteigen
zu neuem Glück.

Wann immer das auch sein wird,
jetzt kann ich noch nicht daran glauben,
denn mein Herz und meine Gedanken
werden immer bei dir sein … Sheila

Clarissa ließ ihren Stift fallen und vergrub verzweifelt das Gesicht in ihren Armen. Ein Leben ohne Sheila? Das war so sinnlos! Niemals hätte sie geglaubt, wie weh so etwas tat.

„Ich bin davon überzeugt, dass das nun wirklich nicht das richtige Pferd für unsere Tochter ist!“, sagte Peter Schneider nachdrücklich zu Caroletta. Der Schreck saß ihm noch immer in den Gliedern, und Micha sah die Chance auf ihr eigenes Pferd schwinden.

„Papa, bitte, vielleicht bin ich wirklich selbst Schuld gewesen“, warf Micha verzweifelt ein, während sie riesige Angst um Sheila hatte.

„Wir werden ein anderes Pferd für dich finden“, entschied ihr Vater.

„Aber ...“

„Kein Aber!“ Peter schüttelte den Kopf, dann wanderte sein Blick zu Manuela, die bleich dastand und nickte.

„Ich kann Sie verstehen“, murmelte Caroletta geistesabwesend und starrte Richtung Landstraße, wo Sheila, Diabolo und Sharazan hinter den Bäumen verschwunden waren. Sie machte sich solche Sorgen um das Pferd und war im Moment nicht in der Lage, über Sheilas Verhalten zu diskutieren.

Micha presste ihre Hände auf die Magengegend. Ihr war übel vor Aufregung.

„Es tut mir so leid!“, sagte sie nun zum wiederholten Mal leise. „Ich wollte das nicht!“

„Ich auch nicht.“ Caroletta rang sich ein trauriges Lächeln ab.

„Ich würde es mir niemals verzeihen, wenn Sheila etwas zustößt“, fügte Micha hinzu, doch Caroletta machte eine matte Handbewegung.

„Im Augenblick können wir nur hoffen, dass Ricky und Marc sie rechtzeitig stoppen können. Wenn nicht, dann ...“ Caroletta ließ diesen Satz unausgesprochen, und die ganze Familie Schneider konnte fühlen, was in der Ranchbesitzerin vorging.

„Können wir irgendetwas tun?“, fragte Manuela nach ein paar Sekunden des Schweigens.

„Ich wüsste nicht, was!“

„Könnten wir nicht einfach losfahren und nach Sheila suchen? Es ist so schrecklich, hier zu stehen und nicht zu wissen, was mit ihr los ist.“ Bittend schaute Micha ihre Eltern an.

Peter nickte. „Okay. Möchten Sie mitkommen, Frau Koszy?“

Caroletta schüttelte den Kopf. „Nein! Wenn Ricky und Marc zurückkommen, möchte ich hier sein. Aber … vielen Dank für Ihre Hilfe!“

Manuela legte ihr tröstend eine Hand auf die Schulter. „Es ist das Mindeste, was wir tun können. Schließlich wäre es ohne uns gar nicht erst so weit gekommen.“ Dann wandte sie sich ab, lief mit Peter und Micha schnell zum Wagen und gleich darauf rauschte das Auto Richtung Landstraße davon.

„Ich hoffe so, dass alle wieder wohlbehalten zurückkommen“, flüsterte Caroletta, während sie sich mit der Hand über die Augen wischte.

Micha saß inzwischen auf dem Rücksitz des Wagens und starrte aus dem Fenster.

Mit wie viel Hoffnungen war sie auf die Mercy-Ranch gekommen, und was für ein mieses Gefühl trug sie jetzt in sich. Sie fühlte sich schuldig an dem, was passiert war, und ihre Angst um Sheila wuchs ins Unermessliche.

Micha schüttelte ihren Kopf. Mit einem Mal war sie sich gar nicht mehr so sicher, ob sie überhaupt noch ein eigenes Pferd wollte. Wenn Sheila etwas passieren würde …

Marc und Ricky sahen weit entfernt zwei Menschen stehen, die anscheinend bereit waren, sich Sheila in den Weg zu stellen.

Den Reitern war klar, dass sie nun einerseits versuchen mussten, das panische Pferd von einer Richtungsänderung abzuhalten, und andererseits ihre eigenen Tiere möglichst im richtigen Moment an Sheila vorbeiziehen zu lassen, um ihr seitlich den Weg abzuschneiden. Das würde kein einfaches Unterfangen werden, denn Sheila hatte noch immer einen gehörigen Vorsprung.

Ricky und Marc verständigten sich durch einen kurzen Blick, dann ließen sie ihren Pferden Luft, und mit jedem nun folgenden Galoppsprung streckten sich die Tiere mehr und mehr, sodass Ricky das Gefühl hatte, Diabolo würde immer länger werden.

Tief gebeugt lag sie über seinem Hals, als der Rappe in halsbrecherischem Tempo über die Wiese jagte und immer noch schneller zu werden schien.

Ricky liebte einen rasanten Galopp über alles, aber bei dieser Geschwindigkeit war ihr nicht mehr ganz wohl. Sie durfte gar nicht daran denken, was geschehen könnte, wenn Diabolo stolpern würde.

Sheilas Kräfte schienen langsam nachzulassen, die beiden Wallache dagegen jagten in ungebrochenem Tempo weiter. Unaufhaltsam kamen sie der Stute nun näher und näher, doch sie würden noch schneller galoppieren müssen, um sie noch rechtzeitig zu überholen.

„Komm, mein Junge, du schaffst das!“, rief Ricky ihrem Rappen zu und übertönte damit ihre eigene Angst vor diesem Wahnsinnsritt.

Diabolos Hals war mittlerweile schweißnass und Ricky befürchtete, dass ihr über kurz oder lang die Lederzügel aus den Händen rutschen würden, so sehr spürte sie ihren eigenen Angstschweiß. Krampfhaft krallte sie sich nun in Diabolos Mähne und fühlte, wie sich ihre Muskeln total verspannten.

„Komm, Ricky! Wir haben sie gleich! Wir müssen an ihr vorbei! Hörst du?“, schrie Marc ihr zu.

Das Mädchen schluckte seine Angst herunter. „Also los, Diabolo! Lauf, so schnell du kannst! Lauf!“

Und Diabolo gab sein Bestes.

„Oh Gott!“ Bine starrte entgeistert und kreidebleich auf die herandonnernden Pferde und war versucht, die Flucht zu ergreifen.

Karel dagegen stand wie aus Stein gemeißelt da und breitete langsam die Arme aus. „Keine Angst! Ein Pferd würde einen Menschen niemals umrennen!“, rief er ihr zu, da er zu fühlen schien, was in ihr vorging.

Hoffentlich wissen das die Pferde auch, schoss es Bine durch den Kopf, dann streckte sie ebenfalls ihre Arme aus und zwang sich dazu, zitternd stehen zu bleiben.

Sheila kam unaufhaltsam näher, und mit einem Mal waren Diabolo und Sharazan neben ihr und verbauten ihr so die Möglichkeit, seitlich auszubrechen.

Marc versuchte, nach Sheilas Zügeln zu greifen, doch er schaffte es nicht und musste stattdessen aufpassen, dass er nicht runterfiel.

Bines Augen wurden immer größer und größer. Sie hatte Angst, wie niemals vorher in ihrem Leben, als die Pferde direkt auf sie zukamen.

„Oh mein Gott, oh mein Gott, oh mein Gott“, flüsterte sie fast tonlos vor sich hin, dann hatte sie sich wieder im Griff. „Hooo, Sheila, Sheila, brrr, halt, brrr …“, rief sie jetzt, wobei sie sich selbst über den beruhigenden Klang ihrer Stimme wunderte.

Die Pferde waren nahe an Sheila herangekommen, und wie auf Kommando ließen Diabolo und Sharazan die Stute nun hinter sich.

Scharf parierten Ricky und Marc ihre Pferde seitlich von Bine und Karel auf wenigen Metern durch und stellten sich so Sheila in den Weg. Die Stute würde abbremsen müssen, wenn sie an ihnen vorbeikommen wollte, und das wäre der Moment, in dem man sie eventuell zu fassen bekommen würde.

„Ho, Sheila, hooo“, riefen Bine und Karel gemeinsam, während das Tier, völlig irritiert von Diabolo, Sharazan und den mit den Armen fuchtelnden Menschen aus dem Tritt und kurz vor Bine ins Stolpern kam.

„Halt sie fest, Bine! Los, mach schon!“, rief Karel und sprintete los, doch seine Freundin hatte das strauchelnde Pferd bereits erreicht und in die Zügel gegriffen, noch ehe Sheila weitergaloppieren konnte.

„Ganz ruhig, meine Kleine! Alles in Ordnung!“, sprach Bine mit zitternder Stimme und vor Aufregung wackligen Knien. Bibbernd strich sie dem Pferd über den schweißnassen Hals und war froh, als Karel ihr gleich darauf die Zügel aus der Hand nahm.

„Hey, das hast du gut gemacht! Respekt!“, sagte er und lächelte seiner Freundin zu.

„Puh, was für ein Glück, dass ihr gerade hier wart! Das hätte so was von schiefgehen können!“ Marc nickte den beiden dankbar zu, dann schaute er zu Ricky, die leichenblass im Sattel saß.

„Alles klar?“, fragte er besorgt.

„Hm“, machte das Mädchen bloß und nickte schwach.

Vorsichtig öffnete Ricky ihre verkrampften Finger und bewegte sie langsam. „Ich habe gedacht, ich sterbe bei diesem Galopp“, sagte sie leise und schaute fassungslos auf ihren Rappen hinunter. „Ich wusste ja schon immer, dass er schnell ist, aber dass er ein Rennpferd ist, war mir nicht klar. Himmel, hatte ich eine Angst!“

Marc grinste. Es ging ihm genau so wie seiner Freundin – aber das würde er natürlich nie und nimmer zugeben. „Ist Sheila okay?“, fragte er stattdessen Karel, der die aufgeregt schnaubende Stute beruhigte.

„Glaube schon. Was ist denn eigentlich passiert?“

„Das ist wirklich dumm gelaufen“, begann Ricky, die sich so langsam wieder gefangen hatte, und erzählte, was auf der Mercy-Ranch vorgefallen war.

„Mann, da kann Caroletta aber froh sein, dass ihr gerade dort wart!“ Bine schaute die beiden verzagt an. „Und mit Micha ist wirklich alles okay?“

„Sie ist nicht runtergefallen und hat auch keinen Tritt abbekommen. Mehr kann ich dir nicht sagen, denn ich bin gleich Sheila hinterhergedüst.“

Karel drückte Bine wieder die Zügel in die Hand, ging einmal um die Stute herum und strich über ihre Beine. „Scheint alles in Ordnung zu sein “, meinte er gleich darauf, doch dann stutzte er und ging ein wenig in die Knie, um eine Stelle am Bauch des Tieres genauer in Augenschein zu nehmen.

„Ist doch was?“, fragte Bine ernst.

„Die Beine sind okay, aber sie hat am Bauch eine ziemliche Schwellung, gleich hinter dem Sattelgurt.“

„Wieso das denn?“ Bine bückte sich ebenfalls, und Ricky und Marc beugten sich ein wenig aus dem Sattel, um auch etwas sehen zu können.

„Hier!“ Karel deutete auf die Verdickung.

„Was kann das sein?“, fragte Ricky verwundert.

Der Junge richtete sich wieder auf und zuckte mit den Schultern. „Frag mich was Leichteres. Vielleicht wurde sie von irgendwas gestochen. Wenn ja, dann muss es jedenfalls ein ganz giftiges Vieh gewesen sein, so dick wie das geworden ist.“

Ricky und Marc schauten sich an.

„Das wäre eine Erklärung!“, gab Marc zu.

Karel schaute verblüfft. „Was meinst du damit?“

„Na das wäre eine Erklärung dafür, warum Sheila plötzlich so ausgerastet ist. Ein Stich, der ihr ziemlich weh getan hat! Schließlich war sie immer das bravste Pferd der ganzen Ranch. Sie ist also gestochen worden, hat nach dem Insekt ausgeschlagen, Micha ist erschrocken, daraufhin hat Sheila Panik bekommen und ist ab wie die Post ...“, überlegte Marc, und Ricky nickte bestätigend.

„Genau. So wird es gewesen sein!“

„Okay, jetzt müssen wir nur noch überlegen, wie wir sie nach Hause bringen.“ Karel schaute Bine an. „Soll ich sie zurückreiten oder möchtest du das übernehmen?“

„Ich … Ich weiß nicht“, gab sie ehrlich zu. Irgendwie saß ihr der Schreck noch immer in den Knochen. „Vielleicht ist es besser, wenn du das machst. Ich komme mit deinem Fahrrad nach. Meinen kaputten Drahtesel lasse ich hier liegen, den klaut eh keiner. Vielleicht kann mich Caroletta nachher hierherfahren, damit ich das Ding abholen kann.“

Karel nickte. „Das macht sie bestimmt!“ Rasch stellte er seine Steigbügellänge ein und stieg in den Sattel. Sheila war völlig ruhig und entspannt.

„Dann bis später“, rief er Bine zu und schickte ihr einen Luftkuss.

„Ja, bis dann! Seid vorsichtig!“

Marc grinste. „Ich glaube, der Galopp vorhin hat genügt, um den Bewegungsdrang unserer Rennpferde für heute zu befriedigen“, meinte er, ehe die Reiter ihre Pferde in Bewegung setzten und Bine zu den Fahrrädern lief.

Peter hatte sich inzwischen wieder ein wenig beruhigt, doch unzählige Gedanken schossen ihm durch den Kopf.

War es vielleicht ein Fehler gewesen, Micha ein eigenes Pferd zu schenken? Hatte er die Gefahr, die das Reiten und der Umgang mit diesen Tieren mit sich brachte, unterschätzt? Würde er jemals wieder unbesorgt sein können, wenn er wusste, dass Micha beim Reiten war?

Zumindest war für ihn klar, dass seine Tochter auf keinen Fall diese Sheila bekommen würde. Das Versprechen, ihr ein eigenes Pferd zu schenken, konnte er aber nicht zurückziehen. Micha wäre sonst unsagbar enttäuscht.

Verstohlen schaute er in den Rückspiegel und beobachtete seine Tochter.

„Wir werden ein anderes Pferd für dich finden“, versuchte er sie zu trösten, doch Micha reagierte gar nicht darauf.

Abwesend starrte sie durch das Fenster nach draußen und machte sich tausend Gedanken darüber, wo Sheila wohl steckte und ob die beiden jungen Reiter sie hatten einfangen können, bevor Schlimmeres passieren konnte. Kreuz und quer waren sie und ihre Eltern durch die Gegend gefahren. Das reiterlose Pferd hatten sie aber nicht gefunden.

Auf einmal schien sie wie aus einer Starre zu erwachen. „Halt doch mal kurz an!“, bat sie ihren Vater inständig, der auch sofort reagierte.

„Warum? Was ist los? Ist dir schlecht?“, fragte er besorgt.

„Nein!“ Sie deutete nach draußen. „Schaut mal da hinten. Sind das nicht Sheila und die beiden anderen Pferde?“, fragte sie aufgeregt.

Manuela kniff ihre Augen zusammen, um besser sehen zu können. „Kann schon sein, aber auf diesem braunen Pferd sitzt doch jemand drauf!“

„Stimmt.“ Enttäuscht ließ sich Micha wieder in den Autositz zurückfallen. Das Pferd konnte nicht Sheila sein, wenn es einen Reiter im Sattel hatte.

Langsam fuhr Peter wieder an und konzentrierte sich auf

die Straße, während seine Frau und seine Tochter weiterhin aufmerksam das Gelände absuchten.

„Hey, stop!“, sagte Manuela kurz darauf auf einmal und legte ihm die Hand auf den Arm.

„Was? Warum denn jetzt schon wieder?“

„Mach einfach!“

Als das Auto stand, stieg Manuela aus uns schaute der Fahrradfahrerin hinterher, die eben an ihnen vorbeigefahren war.

„Bine?“, rief sie erst leiser, dann noch mal etwas lauter. „Bine!“

Die Radlerin machte eine Vollbremsung, schaute sich verdutzt um, ehe sich ihr Gesicht erhellte und sie schnell ihr Fahrrad wendete.

„Tante Manuela! Mensch, wie schön, dass ich euch doch noch sehe. Ich war gerade auf dem Weg zur Ranch, weil ich dachte, ich würde euch dort noch erwischen.“

Inzwischen waren auch Peter und Micha ausgestiegen, und nachdem sie sich begrüßt hatten, meinte Bine mit einem mitleidigen Blick auf ihre Cousine: „Das mit Sheila ist ja wirklich dumm gelaufen.“

Verblüfft schauten sich die drei Schneiders an.

„Woher weißt du denn das? Du warst doch gar nicht dabei!“, fragte Manuela erstaunt.

„Meine Freunde und ich haben Sheila eingefangen, und dann …“

„Wie geht es ihr? Ist sie okay?“, wollte Micha sofort wissen.

„Ja, sie ist in Ordnung. Sie wird morgen bloß einen ganz schönen Muskelkater von diesem Rennen haben.“

Bines Cousine atmete erleichtert auf. „Bin ich froh, dass ihr nichts passiert ist!“

„Ricky und Marc sind mit Karel unterwegs zur Ranch.

Karel ist mein Freund und er reitet Sheila nach Hause. Ihr müsstet ihnen eigentlich begegnet sein."

„Dann hatte Micha doch recht!", rief Peter.

Bine schaute ihren Onkel an. „Was hältst du von Sheila, also mal davon abgesehen, dass sie durchgegangen ist?", fragte sie neugierig.

Peter verzog sein Gesicht. „Sie ist richtig durchgedreht. Das sagt doch wohl alles, oder?"

Bine zuckte mit den Schultern. „Ist ja erstens nichts weiter passiert, und zweitens kann Sheila ja wohl nichts dafür, wenn sie von so einem blöden Insekt gestochen wird!"

Micha wurde hellhörig und wollte Genaueres wissen.

„Ich glaube, du weißt mehr als wir", meinte nun auch Manuela, und aufmerksam hörte die Familie zu, was Bine zu berichten hatte.

Nachdem sie geendet hatte, meinte Peter zerknirscht: „Ich glaube, ich muss mich bei Frau Koszy entschuldigen."

„Und bei Sheila." Micha konnte schon wieder befreit lachen. Sie war so froh, dass dem Pferd nichts passiert war.

„Also komm", meinte Peter zu seiner Nichte. „Wirf dein Fahrrad in den Kofferraum. Wir fahren zurück zur Ranch!"

„Super!", jubelte Micha. Dass Bine erzählt hatte, dass Sheila sonst ein superbraves Pferd war, erhöhte Michas Chance, die hübsche Schwarzwälderstute vielleicht doch noch zu bekommen.

„Apropos Fahrrad. Könnten wir vielleicht …", begann Bine, und gleich darauf holperte Schneiders Wagen den Feldweg entlang, damit das Mädchen sein kaputtes Rad einsammeln konnte.

Caroletta war es richtig übel, während sie in die Ferne starrte und auf die Rückkehr der Reiter – hoffentlich mit Sheila – wartete. Ihr Magen zog sich mehr und mehr zusammen, und sie fragte sich schon zum hundertsten Mal, ob sie doch in ihr Auto steigen und auf die Suche gehen sollte. Aber weil sie keine Ahnung hatte, wohin Sheila gelaufen war, und weil ja schon die Schneiders auf der Suche nach dem Pferd waren, entschied sie sich, weiter zu warten.

Aufgeregt lief sie auf dem Hof hin und her und schickte ein Stoßgebet nach dem anderen zum Himmel hinauf, mit der Bitte, dass wenigstens den Reitern nichts zustoßen würde.

Mit einem Mal stutzte sie, als sie das Auto von Michas Eltern auf dem Zufahrtsweg zur Ranch entdeckte. Caroletta starrte ihnen entgegen und schluckte nervös. Ob sie Sheila gefunden hatten? Und wenn ja, war alles in Ordnung? Ob es Ricky und Marc gut ging?

Tausend Fragen gingen Caroletta durch den Kopf. Sie hoffte sehr, dass die Schneiders sie in wenigen Minuten beantworten könnten.

Kapitel 9

Der Wagen der Schneiders hatte kaum gehalten, als Bine bereits ausstieg.

„Hallo, Caroletta! Ich hab meine Verwandten doch noch getroffen. Sie haben mich hergefahren. Mein Fahrrad hat einen Platten, und Karel reitet Sheila zurück! Sie müssten in etwa einer halben Stunde hier sein!“, sprudelte es aus ihr heraus.

Caroletta packte das Mädchen am Arm und schaute es durchdringend an. „Ihr habt sie einfangen können?“

„Ja, Karel reitet sie zurück. Mann, ich sag’s dir, Ricky und Marc sind wie die Henker geritten und haben Karel und mir Sheila direkt in die Arme getrieben. Sie ist gestolpert und ich konnte die Zügel packen! Wie im Film! Ich bin tausend Tode gestorben!“

Caroletta schluckte. „Ist Sheila okay?“

Bine nickte heftig. „Ja, alles in Ordnung, bis auf die Schwellung am Bauch von einem Insektenstich. Karel meint …“

„Insektenstich?“ Auch Caroletta dämmerte es sofort.

Peter stand hinter ihr und hüstelte verlegen. „Frau Koszy, ich glaube, ich muss mich bei Ihnen für meine Worte entschuldigen. Ich hatte einfach so eine Angst um meine Tochter!“, sagte er nach kurzem Zögern, und Caroletta drehte sich langsam um.

„Ja, ich verstehe das. Aber ich hoffe, dass Sie auch verstehen, dass Sheila nicht böse ist. Wenn sie das wäre, hätte ich sie niemals zum Kauf angeboten."

Peter nickte, doch noch ehe er etwas darauf antworten konnte, platzte Micha mit der Frage heraus, die ihr schon die ganze Zeit auf den Lippen gelegen hatte und die sie jetzt einfach stellen musste.

„Wenn Sheila sich doch bloß wegen eines Insektenstichs so verhalten hat, heißt das dann, dass wir sie trotzdem kaufen?", fragte sie hoffnungsvoll.

Peter und Manuela wechselten einen Blick und schienen das Gleiche zu denken.

„Also, ehrlich gesagt, Micha, würden wir dir doch lieber ein anderes Pferd kaufen. Insektenstich hin oder her … Ich hätte jedes Mal, wenn du Reiten gehen würdest, diese Situation von heute vor Augen und hätte keine ruhige Minute mehr ...", meinte Peter Schneider schließlich.

„Oh." Micha machte ein enttäuschtes Gesicht. „Und das wäre nicht so, wenn ich auf einem anderen Pferd unterwegs wäre, auch wenn mit dem eigentlich genau das Gleiche passieren könnte?"

Peter nickte langsam. „Ja. Ich weiß, dass das komisch klingt, aber … Ach, ich kann das nicht erklären. Es ist einfach nur so ein Gefühl."

„Verstehe", antwortete Micha geknickt, obwohl sie es eigentlich gar nicht verstand.

Manuela schaute zwischen ihrem Mann und ihrer Tochter hin und her, dann wandte sie sich an Caroletta. „Ist Sheila denn das einzige Pferd, das Sie verkaufen?", fragte sie.

„Hm, zumindest das einzige, das hundertprozentig gesund und noch einigermaßen jung ist. Die beiden Ponys gehören mir nicht, und die anderen sind meine Veteranen, die hier ihren Lebensabend verbringen werden."

Manuela überlegte kurz. „Und was ist mit Silver? Sie

sagten doch, dass er bei normaler Beanspruchung keine Gesundheitsprobleme hat, nicht wahr?"

Michas Kopf flog hoch, und ihre Augen begannen zu glänzen. Silver ... Im Eifer des Gefechts hatte das Mädchen überhaupt nicht mehr an den Grauschimmel gedacht.

Caroletta war verwundert. „Silver? Ja, das stimmt, aber Gelenkschaden ist Gelenkschaden, und wenn Micha an Turnieren teilnehmen möchte, dann wäre ..."

„Ich bin keine Turnierreiterin!", wehrte Micha sofort ab. „Ich möchte ein Mal pro Woche in eine Dressurstunde gehen und ansonsten nur durchs Gelände gondeln."

„Aha." Caroletta überlegte.

„Und? Würden Silvers Gelenke eine solche Beanspruchung aushalten?", hakte Manuela nach.

„Tja, schwer zu sagen, denn man weiß nie so genau, wie sich Gelenkschäden entwickeln. Wenn Micha täglich solche Rennen reiten würde, wie Ricky und Marc es heute beim Einfangen von Sheila gemacht haben, dann würde Silver das bestimmt nicht lange durchhalten. Bei normalen Ritten dürfte es gehen. Ein bisschen Bewegung braucht er ja. Aber wie gesagt, eine Garantie kann ich Ihnen natürlich nicht geben."

Manuela nickte und beobachtete Micha, die Silver sehnsuchtsvoll ansah. Irgendwie fühlte sie genau, was in ihrer Tochter vorging.

„Wir könnten Silver also auf eigenes Risiko kaufen?"

Caroletta schaute Michas Eltern an. „Nun, ich würde sagen, dass wir darüber reden können. Aber Sie sollten sich überlegen, ob Sie sich mit dem Kauf eines Pferdes nicht doch lieber Zeit lassen und sich ein ganz gesundes Tier suchen wollen. Schließlich stehen Sie ja nicht unter Zeitdruck, und die Anschaffung eines Pferdes ist wirklich nichts, was man überstürzen sollte. Micha ist ein junges Mädel, das lange Freude an seinem Pferd haben soll. Vielleicht kommt ja doch einmal der Tag, an dem sie Lust auf Turniere bekommt. Dann würde ihr Silver nicht mehr genügen, und es müsste ein anderes, gesundes Pferd her."

Während des Gesprächs waren Caroletta und ihre Besucher zur Koppel gegangen. Während sich die Erwachsenen noch unterhielten, liefen Bine und Micha zu den Pferden hinaus, wobei Silver ein dunkles Wiehern hören ließ, als er Micha auf sich zukommen sah.

„Hey du!", begrüßte das Mädchen sein Traumpferd und umarmte liebevoll den muskulösen Hals des Tieres.

Bine schaute Micha nachdenklich an. „Soll ich dir mal was sagen? Silver passt viel besser zu dir als Sheila."

Micha seufzte. „Sag das mal deiner Caroletta!"

„Das muss ich ihr nicht sagen. Ich bin mir sicher, dass sie das ganz von alleine sieht!"

Caroletta beobachtete Micha und deren Eltern noch kurz. Dann meinte sie lächelnd zu Manuela: „Ich habe das Gefühl, dass Sie und Micha sich bereits für Silver entschieden haben, egal, was ich sage. Nicht wahr?"

Michas Mutter wurde ein bisschen rot und nickte.

„Es ist zwar schön, wenn die ganze Familie ein Tier liebt, aber wenn sie meine ehrliche Meinung hören möchten: Micha wäre mit einem gesunden Pferd besser bedient!", fügte Caroletta hinzu.

Manuela seufzte. „Ich weiß. Aber ich dachte gerade, dass auch kranke Pferde das Recht auf ein liebevolles Zuhause haben, auch wenn man sie vielleicht nur eingeschränkt oder überhaupt nicht reiten kann."

„Das ist natürlich ein sehr lobenswerter Gedanke, aber was wäre zum Beispiel, wenn Silver vielleicht in fünf Jahren nicht mehr reitbar wäre? Was würden Sie dann machen? Würden Sie ein zweites Pferd für Ihre Tochter anschaffen und Silver als Beistellpferd behalten, oder würden Sie den armen Kerl dann abschieben? Nicht jeder kann sich zwei Pferde leisten. Verstehen Sie mich bitte nicht falsch! Das sind einfach grundlegende Dinge, die es vorab zu überdenken gilt."

Peter nickte und wollte gerade etwas darauf antworten, als er die Mädchen von der Koppel her laut lachen hörte.

Bine und Micha gingen zu den Erwachsenen zurück, und Silver folgte ihnen, wobei er Micha immer wieder mit der Nase anstupste.

„Er ist so lieb!", rief Micha begeistert. „Total schmusig und, wie soll ich sagen, ganz anders als Sheila! Ich meine, sie ist ein ganz wundervolles Pferd, aber er … Er ist irgendwie etwas ganz Besonderes!"

Caroletta lächelte. „Jedes Pferd ist etwas ganz Besonderes", gab sie zurück. Nach einem kurzen Schweigen fragte sie: „Möchtest du ihn reiten?"

Michas Augen glänzten. „Oh ja, bitte!"

„Na, dann los! Bine zeigt dir, wo das Sattelzeug ist!"

Freudig führte Micha Silver von der Koppel und brachte ihn, gefolgt von ihrer Cousine, zum Stall.

„Ich würde Silver nur mit einem Schutzvertrag verkaufen", sagte Caroletta auf einmal. „Ich will, dass er wieder hier auf die Mercy-Ranch zurückkommt, falls Sie sich jemals doch dazu entschließen sollten, sich ein anderes Pferd anzuschaffen!"

„Abgemacht! Aber wir haben nicht vor, unser Pferd wieder abzuschieben. Da würde Micha auf die Barrikaden gehen", bemerkte Peter und lachte. „Am besten wir warten erst mal ab, was unser Fräulein Tochter nach dem Reiten sagt."

Caroletta nickte und schaute sich um. Auf einmal legte sich ein Lächeln auf ihr Gesicht. „Oh, die anderen Reiter kommen! Bin ich froh! Bitte entschuldigen Sie mich!“ Die Ranch-Chefin humpelte den Heimkehrern entgegen. „Ich weiß gar nicht, wie ich euch danken soll!“, rief sie und fiel Sheila glücklich um den Hals. „Das hätte ins Auge gehen können!“

„Das war ein klasse Ritt“, sagte Marc und blinzelte Caroletta zu. „Ricky wird jetzt Rennreiterin.“

„Niemals!“, entgegnete das Mädchen beschwörend und wollte gerade absitzen, als Micha Silver aus dem Stall auf den Reitplatz hinausführte. „Ach du Schande! Ich bleibe doch besser mal im Sattel. Vielleicht müssen wir ja gleich wieder los“, rutschte es Ricky heraus.

Doch Caroletta hob drohend den Finger. „Mal den Teufel bloß nicht an die Wand und steig ab! Sofort!“ Dann lachte sie, und nachdem sie Sheilas Schwellung am Bauch untersucht hatte – es schien wirklich ein Insektenstich zu sein – bat sie Karel, das Tier in den Stall zu bringen und es zu versorgen. Sie selbst wollte in Michas Nähe bleiben, damit nicht noch einmal etwas schiefgehen würde.

Eine dreiviertel Stunde war vergangen, als Micha aus dem Sattel sprang. „Ich liebe ihn!“, war der einzige Kommentar, der über ihre Lippen kam, ehe sie dem zufrieden schnaubenden Tier einen überschwänglichen Kuss auf die Nüstern drückte.

„Und du könntest dir vorstellen, mit ihm glücklich zu werden?“, fragte Caroletta. „Auch, wenn du ihn nur eingeschränkt reiten kannst?“

Micha nickte. „Ja!“, sagte sie ohne den geringsten Zweifel und schaute dann bang ihre Eltern an. Bitte!, formten ihre Lippen stumm, und nach wenigen Sekunden, die Micha wie eine halbe Ewigkeit vorkamen, sagte Peter endlich: „Dann würde ich sagen, der Gutschein ist eingelöst!“

„Ja!“ Micha drückte ihr Pferd an sich. Ihr Pferd! Das wunderbarste Geschöpf der Welt! Ihr Pferd! Sie würde es nie wieder hergeben, selbst dann nicht, wenn es irgendwann tatsächlich nicht mehr reitbar sein sollte! Dieses Tier hatte ihr Herz gewonnen, und sie würde für Silver bis an sein Lebensende alles tun, dass es ihm gut ginge.

„Mann, ich freu mich so für dich!“ Bine fiel ihrer Cousine um den Hals. „Und für Silver natürlich auch! Ich hoffe, ihr wisst beide, dass ihr es nicht besser hättet treffen können!“

Ricky und Marc kamen nun ebenfalls herüber, und auch Karel gesellte sich zu ihnen.

„Gibt's was zu feiern?“, fragte er lachend, als er in Michas strahlendes Gesicht blickte.

„Das kannst du glauben! Cola für alle!“, rief Bine aus und hastete davon, um die Getränke zu holen, während die Erwachsenen in Carolettas Büro gingen, um den Kauf- und Schutzvertrag zu unterschreiben.

„Ich hab gar nicht gewusst, wie glücklich man sein kann!“, sagte Micha und schaute immer wieder stolz ihren Silver an.

„Das hätte ich dir schon früher sagen können, aber du hast ja nie danach gefragt“, witzelte Bine und stieß ihre Cousine in die Rippen.

Ricky trank ihre Cola fast in einem Zug aus. Nachdenklich schaute sie Micha an und dann meinte sie: „Ich glaube, ich kenne da noch jemanden, der mindestens genauso glücklich darüber ist, dass du dich für Silver entschieden hast!“

Bine, Marc und Karel nickten zustimmend, nur Micha verstand kein Wort.

„Wer denn?“, fragte sie verwirrt.

„Clarissa!“, antwortete Bine. „Sie wird vor Freude an die

Decke hüpfen, wenn sie erfährt, dass ihr Lieblingspferd ihr erhalten bleibt."

„Ach so", sagte Micha lachend. „Dann sagt ihr mal liebe Grüße von mir, und ich hab das ganz selbstlos echt gern für sie gemacht!"

„Wie wäre es, wenn du Silver jetzt absatteln würdest? Dann könnten wir ihn mit Sheila noch einmal für eine knappe Stunde auf die Koppel bringen", bemerkte Karel, und Micha nickte.

„Ja, ist gut. Schließlich soll er ja die Möglichkeit haben, sich von seinen Stallgenossen gebührend zu verabschieden. Lange wird er ja nun nicht mehr hier stehen. Ich denke, dass ich ihn noch diese Woche abholen kann."

Gemeinsam gingen die Freunde mit Silver in den Stall zurück, und Marc meinte zu Ricky: „Diese Micha ist wirklich eine ganz Nette!"

Ricky warf ihm einen vielsagenden Blick zu. „Auch wenn du recht hast, ... das habe ich jetzt einfach nicht gehört!"

Die Freunde hatten beschlossen, Clarissa noch nichts zu verraten, und so saß das Mädchen am nächsten Tag in der großen Pause teilnahmslos auf einer Bank und starrte vor sich hin, ohne auf die Gesprächsversuche einiger Mitschüler einzugehen.

Mit einem Mal trat Bine auf sie zu. „Hallo", begann sie etwas schüchtern.

Clarissa wandte nur den Blick ab. „Lass mich in Ruhe!", antwortete sie müde.

„Ich möchte mit dir reden."

„Aber ich nicht mit dir!"

„Oh, das war deutlich."

„Das sollte es auch sein!"

Bine stemmte die Hände in die Hüften. „Du benimmst dich wie ein Kleinkind! Ich dachte, wir sind Freundinnen!"
Clarissa schaute Bine verächtlich an. „Ja, das dachte ich eigentlich auch!"
„Mensch, Clarissa! An der Sache mit Sheila wird sich nichts ändern, auch wenn du noch so sauer auf mich bist!"
„Ja, aber vielleicht wäre es gar nicht soweit gekommen, wenn du nicht deine Cousine angeschleppt hättest!"
„Och, das würde ich jetzt so nicht sagen", entgegnete Bine zweideutig.
„Bitte, ich möchte nicht mit dir reden!", sagte Clarissa ein zweites Mal, stand auf und setzte sich demonstrativ auf die nächste Bank.
„Na, dann nicht!", schickte Bine ihr hinterher. Aber ich bin mir ziemlich sicher, dass du bald wieder mit mir reden wirst!, dachte sie bei sich. Schnell lief sie zu Karel zurück, der mit den anderen ein paar Meter weiter stand.
Ricky erzählte gerade leise, was auf der Mercy-Ranch passiert war. Kathi und Lilian hörten aufmerksam zu.
„Mensch, da ist einmal was los, und wir sind nicht dabei!", meinte Lilian und wechselte einen Blick mit Kathi.
„Stimmt!" Kathi nickte. „Ihr erlebt Abenteuer pur, und ich musste mal wieder bei meiner Horror-Tante einen Geburtstagskaffee überstehen! Das Leben ist einfach ungerecht!"
„Sorry, wenn ich störe", sagte Bine jetzt. „Also auf mich ist sie immer noch sauer. Ich kriege sie bestimmt nicht dazu, auf die Ranch zu kommen."
„Warte mal." Ricky wühlte in ihrer Hosentasche. „Das Ding habe ich ja ganz vergessen!" Sie zog Clarissas Schlüsselanhänger heraus und grinste. „Ein Grund mehr, mit ihr zu reden. Ich versuche mal mein Glück!" Ricky lief zu ihrer Reiterfreundin hinüber, die sie nur groß anschaute.

„Habt ihr euch abgesprochen?“, fragte sie fast gleichgültig. „Ist jetzt im Wechsel Seelsorge für Clarissa angesagt? Das ist nicht nötig. Ich komme schon alleine klar.“

Ricky nickte freundlich. „Dann ist’s ja gut, wenn mit dir alles in Ordnung ist. Aber eigentlich wollte ich dir nur das hier geben.“ Sie hielt ihr den Anhänger vor die Nase.

„Wo hast du den her?“, fragte Clarissa erstaunt und nahm ihn an sich. „Den hab ich schon vermisst! Vielen Dank!“

„Hab ihn gefunden … am See …“

„Oh.“

Ricky wartete einen Moment, ob ihre Freundin noch etwas sagen würde, doch sie blieb stumm.

„Caroletta kriegt heute eine Ladung Heu. Kommst du zum Helfen?“

Clarissa schüttelte den Kopf.

„Warum nicht?“ Ricky ließ nicht locker.

„Diese Frage war jetzt echt dumm!“

„He, Mädel, du weißt, dass Caroletta jede Hilfe braucht, die sie kriegen kann!“

„Ich weiß! Aber ich kann nicht! Verstehst du das denn nicht? Ich kann einfach nicht in den Stall gehen! Ich würde wahnsinnig werden, wenn ich vor Sheilas leerer Box stehen würde!“ Clarissa wurde laut.

„Du machst also deine Hilfe für Caroletta von einer leeren Box abhängig? Das finde ich schwach! Echt schwach! Schau mal, schließlich gibt es noch mehr Pferde auf der Mercy-Ranch, für deren Wohl Caroletta Tag und Nacht ackert! Hast du das schon vergessen? Es ist ein Gnadenhof. Ein Gnadenhof! Eine Zufluchtsstätte für gequälte Pferde! Und nur weil jetzt eine Box leer steht, heißt das nicht, dass man seine Hände in den Schoß legt und nichts mehr macht. Diese Pferde brauchen Hilfe! Und sie brauchen Heu! Und damit sie das auch bekommen können, muss man es nun mal abladen! Verstehst du? Wenn du die Pferde so liebst, wie du immer behauptest, dann trage deinen Teil dazu bei, dass es ihnen gut geht! Dass dir die Sache mit Sheila wehtut, ist mir klar. Ginge mir auch nicht anders, aber dennoch … Wenn du sauer auf Caroletta bist, sollten nicht die Pferde die Leidtragenden sein. Also hilf heute Mittag gefälligst mit! Und davon einmal abgesehen: Herumsitzen und grübeln ändert auch nichts. Ablenkung ist die beste Medizin! Denk mal drüber nach! Der Heuwagen kommt übrigens gegen halb vier." Nach diesem Wortschwall drehte sich Ricky um und ging zu den anderen zurück. Sie hatte keine Ahnung, ob sie es geschafft hatte, Clarissa davon zu überzeugen, auf die Mercy-Ranch zu kommen. „Da hilft jetzt nur eins", meinte sie zu ihren Freunden. „Abwarten!"

Die Kirchturmuhr schlug drei, und Clarissa war auf dem Weg zur Mercy-Ranch.

Nachdem sie nach der Schule das längst überfällige Gespräch mit ihrer Mutter hinter sich gebracht hatte, hatte sie lange in ihrem Zimmer gesessen und an Rickys Worte gedacht. Auf einmal war ihr Blick auf die Zeilen gefallen, die sie am Vortag geschrieben hatte.

… und dennoch …
ich warte weiter,
in der Hoffnung,
dass eines Tages
meine Tränen versiegen,
dass eines Tages
mein Herz wieder lachen kann
und ich es schaffe,
mich aus dem Tal der Tränen
zu befreien,

um aufzusteigen
zu neuem Glück …

„… *aufzusteigen zu neuem Glück* … Wenn ich hier herumsitze, wird's auch nicht besser", murmelte Clarissa vor sich hin. Ricky hatte recht gehabt! Vielleicht sollte sie sich wirklich ablenken, und wenn sie an Silver dachte, an Hadrian, Jonas und an all die anderen Pferde der Ranch, bekam sie ein schlechtes Gewissen.

Entschlossen stand sie auf. Sie wusste, dass es weh tun würde, Sheilas leere Box zu sehen, und so sehr sie sich auch vorgenommen hatte, niemals wieder einen Stall zu betreten, stellte sie nun fest, dass sie ohne Pferde nicht leben konnte. Auch wenn Sheila nicht mehr da war – die anderen würden ihr, Clarissa, ebenfalls entgegenwiehern und ihr genau so dankbar in die Haare schnauben, wie Sheila es immer getan hatte.

„Das Wichtigste ist, dass du das Pferd in deinem Herzen behältst, in deiner Erinnerung, und dass du dankbar für die Zeit bist, die du mit ihm verbringen durftest", hatte ihre Mutter gesagt. „Du wirst Sheila nie vergessen, und das sollst du auch nicht. Aber dein Leben geht weiter, und du wirst noch viele Pferde kennenlernen, die du ins Herz schließen wirst!"

Clarissa hatte die Mercy-Ranch schon fast erreicht, als sie Carolettas Pferde auf der Koppel stehen sah. Ihr Herz zog sich vor Schmerz zusammen, als ihr bewusst wurde, dass Sheila nicht mehr mit dabei war.

Fast war sie versucht, umzukehren, doch dann biss sie die Zähne zusammen und trat fest in die Pedale, bis sie ihr Ziel erreicht hatte. Sie musste sich jetzt einfach dazu zwingen, nicht mehr an Sheila zu denken.

All ihre Freunde saßen träge an die Hauswand gelehnt in der Sonne, als Clarissa eintraf.

„Halli hallo“, tönte Lilian wie immer, und auch die anderen taten gerade so, als ob es niemals unsicher gewesen wäre, dass Clarissa wieder auf die Ranch kommen würde.

„Hey!“, grüßte sie knapp, aber freundlich, und ließ sich dann neben Ricky nieder.

„Ich wusste, dass du kommst.“

„Woher?“

„Weil ich an deiner Stelle auch gekommen wäre“, gab Ricky leise zurück.

„Das Heu ist noch nicht in Sicht, oder?“

Marc schüttelte den Kopf. „Nein. Ach, übrigens, du sollst kurz zu Caroletta kommen. Das hätte ich doch fast vergessen!“

„Warum?“

„Keine Ahnung!“

Clarissa stand auf und schlurfte mit einem unguten Gefühl ins Haus.

„Ah, Clarissa, da bist du ja!“ Caroletta freute sich ehrlich, das Mädchen zu sehen. „Also, um gleich zur Sache zu kommen: Im Stall draußen steht ein Neuzugang, und ich dachte, nach der Sache mit Sheila … Vielleicht wäre es ja für dich und das Pferdchen ganz gut, wenn du dich ein wenig mit ihm beschäftigen würdest.“

Clarissa schluckte. „Ich weiß nicht, ob ich jetzt schon dazu bereit bin“, meinte sie langsam.

Caroletta schaute sie ernst an. „Hm ... Ich mache dir einen Vorschlag. Du versuchst es einfach mal, und wenn du das Gefühl hast, dass du noch nicht so weit bist, dann sagst du es mir, und ich werde Brigitta darum bitten, sich um das Tier zu kümmern. Ist das okay für dich?“

Das Mädchen nickte unsicher.

„Prima!“ Caroletta lächelte. „Dann geh doch gleich mal raus und versuche dein Glück!“

Clarissa stand auf und verließ das Büro. Langsam ging sie über den Flur zur Verbindungstür zwischen Wohnraum und Stall, doch als ihre Hand auf der Klinke lag, zögerte sie nun doch.

Sie hatte Angst ... Angst davor, dass sie Sheila verraten könnte, wenn sie sich jetzt mit diesem neuen Pferd befassen würde.

„Nun geh schon!“, hörte sie Carolettas Stimme und zuckte zusammen. Die Ranch-Chefin schien darauf zu warten, dass sie weiterging.

Clarissa kämpfte mit sich und betrat mit gesenktem Blick den Stall. Sie wollte auf keinen Fall Sheilas leere Box sehen.

Doch da ertönte leise ein dunkles, wohlbekanntes Begrüßungswiehern, das das Mädchen zusammenfahren ließ.

Nein!, schrie es in Clarissa. Das gibt's nicht! Das kann einfach nicht sein! Dann schaute sie auf und starrte auf ihr geliebtes Pflegepferd, das ihr den Kopf so weit es konnte entgegenreckte.

„Sheila!“ Clarissas Stimme versagte, und sie hatte das Gefühl, der Boden würde ihr unter den Füßen weggezogen. Mit weit aufgerissenen Augen starrte sie das Pferd an, als ob es ein Gespenst sei.

„Worauf wartest du noch?“, fragte Caroletta, die unbemerkt hinter Clarissa getreten war, und gab ihr einen sanften Schubs.

Clarissa schien aus ihrer Starre zu erwachen. Ungläubig schaute sie die Ranch-Chefin an, dann rannte sie zur Box hinüber, öffnete fahrig die Schiebetür und fiel Sheila um den Hals.

Tränen liefen über ihre Wangen, während sie ihr nasses Gesicht in die dichte Mähne der Stute drückte. Gleichzeitig lachend und weinend ging das Mädchen durch ein Meer von Gefühlen. Selbst als es merkte, dass all seine Freunde sich vor der Box versammelten, schämte es sich seiner Tränen nicht.

„Na, ist das nicht eine schöne Wagenladung Heu?", fragte Ricky und blinzelte Clarissa zu. „Wäre doch schade gewesen, wenn du nicht zum Abladen gekommen wärst, oder?"

„Du ... du hast das gewusst? Ihr habt es alle gewusst und keiner hat etwas gesagt! Oh Mann, wie gemein ihr seid!" Clarissa wischte sich über die Augen und konnte ihr Glück nicht fassen.

„Und Sheila ... Sie bleibt jetzt wirklich hier? Ich meine, für immer?", fragte sie hoffnungsvoll an Caroletta gewandt. „Ich glaube, ein zweites Mal würde ich das nicht überstehen."

Caroletta nickte. „Ich wollte ein Pferd verkaufen, und das habe ich gemacht. Micha hat sich für Silver entschieden, also wird Sheila wohl hierbleiben. Es sei denn, du kaufst sie doch noch irgendwann und stellst sie woanders unter."

Clarissa unterdrückte einen Freudenschrei. „Mann, ihr könnt euch nicht vorstellen, wie glücklich ich bin! ... Da fällt mir ein ... Kann vielleicht jemand ein Foto von Sheila machen? Ich Esel hab nämlich alle zerschnitten!"

Ihre Freunde lachten, und Karel zückte sein Fotohandy.

„Null problemo!", meinte er, und schon hatte er die verheulte, aber glückliche Clarissa mit ihrem Lieblingspferd auf seiner Speicherkarte gebannt.

„So, aber nun wird's Zeit, dass Sheila endlich zu den anderen auf die Koppel rauskommt. Wir haben sie nämlich nur für dich in der Box gelassen", sagte Caroletta, und während Clarissa das Tier aus dem Stall führte, fragte Marc: „Habe ich dir eigentlich schon erzählt, dass Diabolo, Sharazan und Sheila gestern ein Rennen gegeneinander gelaufen sind? Und dass Bine deine Sheila eingefangen hat, als sie gestern durchgedreht ist?"

„Was?" Entgeistert schaute Clarissa Rickys Freund an.

„Ja, ja, du hast gestern einiges verpasst!"

Kaum dass Sheila über die Wiese zu ihren Stallgenossen galoppiert war, ließ sich Clarissa die Geschehnisse in allen Einzelheiten erzählen.

Aufmerksam hörte sie zu, und als Marc zu Ende berichtet hatte, wandte sie sich ziemlich zerknirscht an Bine.

„Ich glaube, ich muss dir dankbar dafür sein, dass du Sheila eingefangen hast", meinte sie mit einem verlegenen Lächeln. „Und es tut mir leid, dass ich so sauer war."

Bine lachte sie an. „Na ja, das mit dem Einfangen ist so eine Sache. Ich glaube, da haben wir gut Hand in Hand gearbeitet, und es war Zufall, dass ich Sheilas Zügel packen konnte."

„Ach, weißt du was, das ist jetzt eigentlich auch ganz egal. Wichtig ist, dass es ihr gut geht und dass sie hierbleibt!", sagte Clarissa überglücklich.

Ricky stieß Marc lachend an. „Hey, sieht so aus, als müsstest du Sharazan bei dem Spaßturnier nun doch selbst reiten", ärgerte sie ihn, wobei der Junge genervt aufstöhnte.

„Wie? Was? Spaßturnier?" Clarissa wurde hellhörig und Ricky erklärte ihr kurz, worum es ging.

„Wenn Caroletta es erlaubt, werde ich mich mit Sheila auch dort anmelden", sagte das Mädchen spontan.

„Ich weiß gar nicht, was ihr daran findet, mit dem Kopf in gefüllte Wassereimer zu tauchen." Marc schüttelte sich wie eine nasse Katze.

„Du traust dich nur nicht, weil du Angst hast, dass du verlierst", stichelte Lilian.

„Genau!“, pflichtete Kathi bei, und auch Ricky nickte heftig.

„So ist es!“

„Keine Chance gegen Mädels!“

„Kein Siegertyp!“

„Keinen Mumm in den Knochen!“

„Jetzt ist aber Schluss!“ Marc baute sich vor ihnen auf. „Wenn ihr glaubt, dass ich das auf mir sitzen lasse, dann habt ihr euch getäuscht! Morgen wird trainiert, bis die Fetzen fliegen und mir das Wasser wieder zu den Ohren rauskommt!“

Ricky hob den Daumen nach oben. „Wusste ich doch, dass du dir das nicht gefallen lässt! Also willkommen im Club der unbesiegbaren Spaßturnierreiter!“, rief sie fröhlich. „Mädels, ihr habt's alle gehört! Marc will morgen trainieren, und das sollten wir uns nicht entgehen lassen!“

Und so ritt der Junge auf Sharazan am nächsten Tag unter den Argusaugen und dem Gelächter von Ricky, Lilian, Kathi, Clarissa, Bine und Karel von einem Eimer zum anderen, schluckte Unmengen Wasser und wollte am Abend keine Äpfel mehr sehen. Als er dann in der Nacht aus einem Alptraum erwachte, in dem ein riesiger Apfel auf Sharazan im Slalom durch eine Reihe von riesigen Eimern geritten war, in denen die spöttisch lachenden Freunde gesessen hatten, schwor sich Marc, sich nie wieder zu diesen Trainingseinheiten überreden zu lassen – auch wenn Ricky noch so oft sagen würde: „Ich liebe dich, auch wenn dein Kuss wie ein nasses Apfelleckerli schmeckt!“

Hat dir dieses Buch gefallen?
Die „Diabolo“-Serie und viele andere spannende Pferdebücher gibt es nur beim PonyClub!

Mehr Infos zum Club bekommst du hier:

Von Gabi Adam sind im PonyClub bereits erschienen:

Diabolo, Pferd meiner Träume (Diabolo 1), 2000
Lebensretter auf vier Hufen (Diabolo 2), 2000*
Neue Heimat für Diabolo (Diabolo 3), 2001*
Sorge um Diabolo (Diabolo 4), 2002*
Held der Nacht (Diabolo 5), 2003*
Letzte Chance für Golden Star (Diabolo 6), 2003
Dem Doppelgänger auf der Spur (Diabolo 7), 2004*
Das Vermächtnis (Diabolo 8), 2004*
Das Geheimnis vom Espensee (Diabolo 9), 2004*
Wettlauf gegen die Zeit (Diabolo 10), 2004*
Ein Tag wie jeder andere (Diabolo 11), 2004
Fesseln der Angst (Diabolo 12), 2005
Die Mutprobe (Diabolo 13), 2005
Tage der Finsternis (Diabolo 14), 2005
Ricky in Nöten (Diabolo 15), 2005
Die Neue (Diabolo 16), 2006
Trouble auf der Mercy-Ranch (Diabolo 17), 2006

*nicht mehr lieferbar